在故事的结尾不说对不起

杨杨 主编

中国出版集团
现代出版社

图书在版编目(CIP)数据

在故事的结尾不说对不起／杨杨主编.—北京：现代出版社，2015.3（2019.1 重印）

ISBN 978-7-5143-3160-8

Ⅰ.①在…　Ⅱ.①杨…　Ⅲ.①散文集-中国-当代　Ⅳ.①I267

中国版本图书馆 CIP 数据核字（2014）第 306224 号

在故事的结尾不说对不起

编　　者　杨　杨
责任编辑　赵海燕
出版发行　现代出版社
通讯地址　北京市安定门外安华里 504 号
邮政编码　100011
电　　话　010-64267325　64245264（传真）
网　　址　www.1980xd.com
电子邮箱　xiandai@cnpitc.com.cn
印　　刷　辽宁美程在线印刷有限公司
开　　本　787×1092　1/32
印　　张　7
版　　次　2015 年 3 月第 1 版　2019 年 1 月第 2 次印刷
书　　号　ISBN　978-7-5143-3160-8
定　　价　42.80 元

我明白你会来，所以我等。

有的人我们认为会一起走到终点，可他却因为窗外风景半路下车；有的人感觉下一站肯定会下车，可却一直坐在我们身旁。坐在人生这辆车上，渐渐学会珍惜和包容此刻正坐在身旁的这些人，不管他们会下车还是换座，都有权利选择自己心中最美丽的风景。我们总会在下一站，与茫茫人海中的某一个人再次相遇。

很多事情的发展注定有个结束，好好享受美丽的过程，擦身而过的时候，我们应该学会遗忘，大胆地哭一场。春有春的风情，夏有夏的烈艳，秋有秋的素洁，冬有冬的雅致。人生，各有各的美丽，各有各的潇洒。

爱，就是没有理由的心疼和不设前提的宽容。

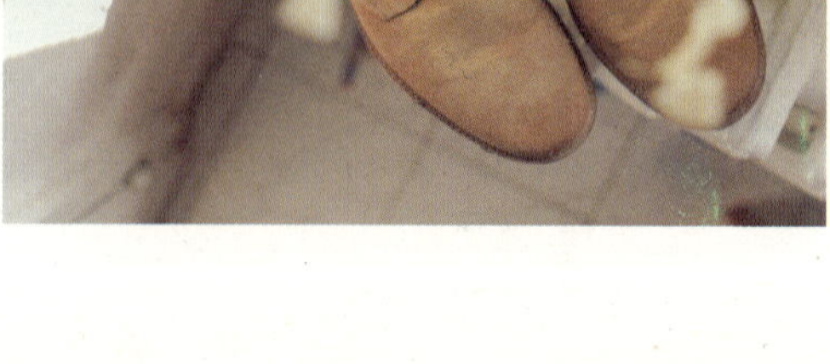

很傻地喜欢过一个人，就是那种不求天长地久只求曾经拥有的喜欢。即使是这么幼稚的喜欢，还是不容易忘记。

不是所有人的感情都会久远，比如爱情、比如友情。有些人，也许从未想过会有交集，可是冥冥之中注定走到了一起。有些人，曾经同甘共苦，患难与共，一起走过了很长的时间却最终淡却了……

如果有一天，我们都远离了对方，我们是否都会想起，曾经彼此温暖、开心的日子？想起彼此的美好？

目录

暗恋，一幕最用心的哑剧

多少暗恋，最终输给了时间 / 002
暗恋的滋味 / 005
曾经这样爱过你 / 009
在你的生命里，有没有那样一个人 / 014
就差一个回头 / 017
世上最好的感情 / 019
暗恋，青春的独角戏 / 024
你心中有这样一个人吗 / 026
暗恋 / 029
暗恋，一幕最用心的哑剧 / 034
有一个人 / 036
致浅喜深爱的那个人 / 038
怀念曾经只懂暗恋的自己 / 043

第二辑 疼

谁，欠你一个拥抱

看流年如花，安然绽放 / 048
你若一直在，我便一直爱 / 055
我们只能一直往前 / 067
人生百味，唯愿岁月无恙 / 071
天空的心事，只有云懂 / 075
说不定，遇见的意义是为了告别 / 080
暖遇 / 083
有些人，我们一直在错过 / 085
谢谢你，曾经出现在我生命里 / 087
欠你一个拥抱难还 / 090
心中那不为人知的角落 / 093
茶凉了，就别再续了 / 096
红尘来去才是生活的常态 / 098
走过不属于自己的风景 / 102
时光深处，唯愿岁月静好 / 104

爱情这把刀 / 107
哪怕你们没有在一起 / 111
关于爱情 / 123

你不来，我怎舍得老

岁月有的是时间，让你遇见更好的人 / 126
致我未来的爱人 / 131
会有这样一个你，温暖我的生命 / 136
愿有人和你并肩同行 / 141
今生注定遇到的三个人 / 144
写给那个愿陪我一生的男人 / 147
你迟到了许多年 / 152
等候适当的时光再遇 / 154
若是在乎，请给彼此一个可能 / 156
相逢是一首歌 / 159

这一站，幸福

爱，是一生是修行 / 164
细水流年，与君同 / 168
有一天，我们可不可以如此幸福 / 179
但是，你没有 / 182
若爱，请深爱 / 184
牵我手，从心动到古稀 / 187
最好的爱情 / 190
执手红尘，相约白首 / 192
你不是最好的，但我只爱你 / 195
淡淡相爱，默默相守 / 198
静静地，陪你到老 / 201
懂你的人，最温暖的伴 / 203
眼前的，最好的 / 207

前言

关于爱情，大概每个人都有话要说，或温柔，或寂寞，或难过，或孤勇。因为，每个人的青春或许都难逃一场徒劳无功的暗恋，也都要经历一场有缘相遇却无缘白首的错过。在那场爱情里，有喜，有乐，有笑，有痛，却单单没有一个美满的结局。

其实这世上，爱和被爱都不难遇见，难的，是遇见合而为一的相爱。就像张爱玲所说，也许你很幸福，因为找到了另一个适合自己的人，也许你不幸福，因为可能你这一生就只有那个人真正用心在你身上，而你们却注定要错过。

想一想，这世上究竟有多少人，因为害怕拒绝而不敢伸出双手？又有多少人，因为不愿主动而错过了爱情？

然而，那些你所喜欢过的人，暗恋也好，明恋也罢，正是他们，陪伴着你，一步步，穿越青春，丰盈生命。

当千帆过尽，沧海桑田，偶尔想起那些人，那些事，便会发现，时间能做的，并不单单只是让你忘记一个人，或者一些事，时间也能够证明，证明你的成长，证明你所有的孤独是为了破茧成蝶，证明你花费了力气与青春的等待并没有白费。

或许，那时的你，已经不再纠结，谁，还欠谁一个拥抱。那时的你，已经能够明白，爱情，既是在异性世界中的探险，带来发现的惊喜，也是在某个异性身边的定居，带来家园的安宁。但探险不是猎奇，定居也不是占有。好的爱情，一定是双方以自由为最高赠礼的洒脱，以及绝不滥用这一份自由的珍惜。

相信每个人的生命中，总会遇到那样一个人，经得起光阴的濯洗，时光多姿多彩，他却不言不语，默默地陪伴着你的烟火流年，从心动，到古稀。

当这个真正对的人出现的时候，你会发现，找到一个对的人，是给自己最好的奢侈品。

第 一 辑 · 痒

暗恋，
一幕最用心的哑剧

暗恋，密密柔柔，浅入浅出。

多年之后想起，依然让人有一种久违了的遥远而单纯的眷恋。

那是一幕最用心上演过的哑剧，一处深藏于心中的最美丽的桃花源。

而一生中，或许再也没有什么时候，我们会像暗恋时那样容易满足。

多少暗恋，最终输给了时间

所有之前平常无奇的琐碎小事，都因为和他挂钩，
而变成了你快乐的源泉，你的内心盛满这种泉水，
仿佛随时可能溢出来了。

有人说，最深邃的爱都是“见人羞，惊人问，怕人知”的，因为一旦公开，就会走样和变味。

暗恋，就是这样一种深邃而单纯的爱吧，密密柔柔、浅入浅出，不是生离死别，不是哀号啼哭，只有那种久违了的遥远而单纯的眷恋。

暗恋是那种发一条短信都害怕打扰到他，那种只肯在不远不近的地方，注视着他踢球的姿势，那种不由自主地希望在熙熙攘攘的人群里见到他的身影，那种听说他丢了一把汤匙，就会傻傻跑到超市买一把雕花汤匙，却一直放在背包里不敢拿出来……

如果你曾经暗恋过一个人，哪怕这个人是和你吵过架的，你也会真切地明白，这样的眷恋是多么的诚惶诚恐和患得患失。你每年盼望着寒暑假的结束，你那么想多看他一眼，可是你又害怕看到他，因为你害怕你假装镇定的眼神会泄露自己的秘密。

在这样的爱里，你将变成一个非常非常容易满足的人。

你会多么庆幸，你们最喜欢的是一样的老师，你们最讨厌的竟然一样是历史散文；你会将他很不经意地邀请你看一场电影当成盛大的节日；你会因为和他坐在嘈杂的闹街，吃一碗公仔面而快乐无比；你会满足地念想着那个清澈午后，他出于礼貌牵着你的手过马路……

所有之前平常无奇的琐碎小事，都因为和他挂钩，而变成了你快乐的源泉，你的内心盛满这种泉水，仿佛随时可能溢出来了。而一生中，或许再也没有什么时候，你会像暗恋时那样容易满足。

有人说，暗恋是爱情里最美的样子，可是，很少有人会一生都在暗恋，因为这样的美丽不是所有人都经受得起。所以，后来大家开始放弃了，接着去寻找大鸣大放的爱。

直到有一天，你在某个广场的喷水池旁边，恰巧遇到了年轻时暗恋过的那个人，发现他早就已经不是记忆中的样子。你发觉自己已经无法想起为什么年轻的时候，会为这个人如此牵肠挂肚过。

想一想，世间事多少事，终于还是会输给时间。很多我们原本以为会眷恋一辈子的东西，终于还是失散零落了。

文 / 佚名

暗恋的滋味

暗恋一个人，
就是通过各种各样的心思和方式向他靠近：
放在一起的自行车、摞在一起的作业本、
并排写在一起的名字……

暗恋一个人，就是坐在他身后，一直盯着他的背影，希望他回头，却又害怕他回头。

暗恋一个人，就是一看见他就会紧张得手忙脚乱，尽管他并没有看着你，可还是会心慌意乱。

暗恋一个人，就是因为他和自己说了一句无关痛痒的话，就开心了一整天。

暗恋一个人，就是看见他开心地笑着，自己的心情也是晴天，看见他皱眉，自己也会不快乐。

暗恋一个人，就是通过各种各样的心思和方式向他靠近：放在一起的自行车、摞在一起的作业本、并排写在一起的名字……

暗恋一个人，就是每次在查看成绩单时，会习惯性地在很多人的名字里迅速找出他的，然后脸颊还会不自觉地绯红，心跳加速。

暗恋一个人，就是在草稿纸上偷偷地认真地写他的名字，又一笔一笔地慢慢划掉，直到再也看不出来。

暗恋一个人，就是曾试着小心翼翼地把他名字的第一个字母，写在课桌最隐秘的地方，偶尔不经意地看到，心中就有着一丝不为人知的小甜蜜、小伤感。

暗恋一个人，就是常常会把彼此相识以来的点点滴滴，像放电影似的重复回想：不经意间的眼神交流，不小心的相遇、擦肩，还有不小心拿错的笔……

暗恋一个人，就是想走在他身后一直看着他，同时又想赶到前面去让他看到的矛盾，但却从不曾想过与他并行。

暗恋一个人，就是和他面对面走过时，渴望他走过来和自己搭讪，却又害怕他和自己说话时，自己会手足无措得像一个做了错事的小孩子。

暗恋一个人，就是当他无视般地从自己身边走过时，会觉得自己像个被遗弃的小孩子，无限委屈，却无从申诉。

暗恋一个人，就是会不自觉地悄悄拿他和别人做比较：他的笑容更阳光，他的眼睛更好看，他的睫毛更长，他的个子更高，他更加幽默。

暗恋一个人，就是明明很在意他的一切，却还要装作一副满不在乎的样子，在别人说他不好时自己也会附和两声，然而心里却总是在为他反驳。

暗恋一个人，就是会以最隐蔽的方式，不断地收集着关于他的一切消息，一切喜好，一切事情。

暗恋一个人，就是一见到他就知道，他今天穿了一件以前不曾穿过的衣服；

暗恋一个人，就是在心里有一首代表他的歌，每当歌声响起，思念也就跟着长出了翅膀。

暗恋一个人，就是有时候不喜欢呆在家里就出门乱逛，却在逛街时喜欢东张西望，渴望看见他也在，尽管这几乎不可能。

暗恋一个人，就是有时在看到一件衣服时，会想到如果他穿上了，会是什么样子。

暗恋一个人，就是越来越寂寞，会独自开心，更会无缘由地轻叹。

原来，暗恋一个人，是如此沉重而又甜蜜的负担。

文 / 微小

曾经这样爱过你

日子一天天过去了，还是没说。
多少年过去了，还是没说。
那个人像一壶酒，被窖藏了。
偶尔打开闻一闻，觉得满肺腑都是醇香。
而那，全是自己一个人的独角戏，一个人的盛情。

曾经这样爱过一个人，爱的人知道，被爱的人不知道。这，就是暗恋吧。

爱着的时候，会整天鬼迷心窍地想着他。

他偶然的一句话，就想着他为什么要这样说？他在说给谁听？他偶然的一个眼神掠过，就会想读出他是欢喜、忧伤或者沮丧。

怕他不看自己，也怕他看到自己，更怕他似看非看的余光，轻轻地扫过来，又飘飘地带过去，仿佛全然不知，又仿佛无所不晓，觉得似乎正在被他透视，也可能正被他忽视。

终于有一个机会和他说了几句话，就像荒景里碰上了丰年，日日夜夜地捞着那几句话颠来倒去地想着，非把那话里的骨髓榨干了才罢。

远远地看见他，心里就毛毛的，虚虚的，痒痒的，扎扎的，或上天堂，或下地狱——或者，就被他搁在了天堂和地狱之间。

爱着的时候，会费尽心机、又不动声色地打听他所有的往事，秘密地回味他每个动作的细节。

而做这一切的时候，要像间谍，不要他知道，也怕别人疑心。

要随意似的把话带到他身上，再做出半听不听的样子。

这时候，最期望的就是他能站在一个引人注目的地方，因为这样就有了和大家一起看他和议论他的自由。

每知道一些，心里就刻下一个点，点多了，就连出了清晰的线，线长了，就勾出了轮廓分明的图，就比谁都熟悉这个人的来龙去脉，山山岭岭，知道了他每道坡上每棵树的模样，每棵树上的每片叶的神情。

爱着的时候，有时心里饱满得像涨了水的河，可有时又空落落的，像河床上摊晒出来的光光的石头。

有时心里软软的，润润的，像趁着雨长起来的柳梢；有时又闷闷的，燥燥的，像燃了又燃不烈的柴火。

一边怀疑着自己，一边重视着自己，一边可怜着自己，一边也安慰着自己。自己看着自己的模样，也不知该把自己怎么办。

有时冲动起来，想对他说，可又怕听到最恐惧的那个结果，就只有不说，可又分明死不了那颗鲜活的心。

于是，心里又气他为什么不说，又恨自己为什么没出息，老盼着对方能说，又困惑自己到底用不用说，又羞恼自己没勇气对人家先说。

于是就成了这样，嘴里不说，眼里不说，可每一根头发，每一个汗毛孔儿都在说着，说了个喋喋不休。

日子一天天过去了，还是没说。多少年过去了，还是没说。那个人像一壶酒，被窖藏了，偶尔打开闻一闻，觉得满肺腑都是醇香。而那，全是自己一个人的独角戏，一个人的盛情。

此时，那个人知道不知道已经不重要了。——不，最好是不要那个人知道，这样更纯粹些。知道这爱的是自己，回忆这爱的还是自己。自己一点点地品着自己的回忆，隔着时光的酒杯，自己把自己醉倒。

这时候，也方才明白，原来，这样的爱并不悲哀。没有尘世的牵绊，没有现实的尾巴，没有俗艳的锦绣，也没有混浊的泥泞。

简明，利落，干净，完全。

这种爱，古典得像一座千年前的庙，晶莹得像一弯星星搭起的桥，鲜美得像春天初生的一抹鹅黄的草。

这样的爱，现在想想，真的也很好。

文 / 乔叶

在你的生命里，有没有那样一个人

在你的生命里，有没有那样一个人？
你们从没有过一次牵手，也从没有过一个拥抱，
哪怕是浅浅的、淡淡的，甚至礼节性的。可是，
心却永远那么近。你早已说不清这是爱情还是什么，
只知道，他很重要。

在你的生命里，有没有那样一个人？他好像从来没有走进过你的生活，却又从来没有离开过。

在你的生命里，有没有那样一个人？你们曾经笑着谈人生，谈理想，却从来不谈你爱他或者他爱你。

在你的生命里，有没有那样一个人？你曾经极其认真地编辑好了一条表白的短信，却终于还是在最后时刻删除，没有发送。

在你的生命里，有没有那样一个人？你们从没有过一次牵手，也从没有过一个拥抱，哪怕是浅浅的、淡淡的，甚至礼节性的。可是，心却永远那么近。

在你的生命里，有没有那样一个人？太多年的悲欢离合，

你早已说不清这是爱情还是什么，只知道，他很重要。

在你的生命里，有没有那样一个人？无论什么时候想起，他都会让你觉得踏实和安全。

在你的生命里，有没有那样一个人？你真心地希望他得到幸福，就算这幸福没有你的参与。

在你的生命里，有没有那样一个人？千山万水，沧海桑田，当你回过头的时候，他总在你的身后，却永远离你只有一个转身的距离。

在你的生命里，有没有那样一个人？你爱上他，却将这种爱深刻在心底深处，一天比一天清楚。

在你的生命里，有没有那样一个人？你们或许彼此追寻，却阴差阳错，失去了爱的机会，成为了一生的遗憾。

在你的生命里，有没有那样一个人？生活改变了你，也改变了他，却改变不了两颗希望相互取暖的心。

在你的生命里，如果有这样一个人，那么，你很幸运，因为人生得此一知己足矣；在你的生命里，如果有这样一个人，那么，你也很不幸，因为你会一生对这个人痴痴念念，牵牵挂挂。

在你的生命里，如果有这样一个人，还是请你多一份希望，多一点努力，去喜欢，去爱，纵使你们真的不能在一起。因为在这个世界上，不是每个人，都能够找到一个相互契合的另外那半个圆弧，补足自己的缺口。

真的遇到了，珍惜一点，总没有错。

文 / 普芹

就差一个回头

所谓爱情，往往就在转身的一瞬间才忽而发现，
爱，就是因为回头多看的那一眼。
而你和她之间，也许就差了她的一个回头。

在爱情的世界里，有些人爱了，有些人伤了，有些人恨了。还有一些人，他的爱从一开始就注定只能是回忆而已，因为直到现在，你喜欢的那个女生，也没能知道你曾经喜欢过她。

当时，总是愿意走在她后面，就是为了时时刻刻看她出现在眼里。现在想想，已然明白，所谓爱情，往往就在转身的一瞬间才忽而发现，爱，就是因为回头多看的那一眼，而你和她之间，也许就差了她的一个回头。她占据了你全部的心，可你却没能得到她的一丝关注。

于是，你对自己说，原来那么久，你的感情就好像是一场独角戏，到最后，感动的不过是你自己。你还对自己说，这辈

子，你都不会忘记，自己十七岁的时候，曾经不计回报地狠狠暗恋过这样一个人。

有一种爱，不是每天都挂在嘴边，而是埋在心底的最深处，一直没人知道；有一种距离，当走远后，就再也走不到一起；有一种感情，不算是刻骨铭心，但一生只有一次，永远都不会改变。

也许，多年之后的某一天，当我们已经可以云淡风轻地独自看着照片回忆，甚至和自己的孩子讲起当年这些懵懵懂懂的情愫时，就会明白，关于爱情，我们其实应该谢谢那些没说出口的告白，以及那些终究阴差阳错没有得到过的人，正因为这样，我们才得以保住了爱情的一份最初、最真实的美好。

文 / 佚名

世上最好的感情

人生，本来就有很多事是徒劳无功的，
但是我们还是要经历。
说不定这世上最好的感情，就是你喜欢她，她喜欢你，
你们却没有在一起。

很久以前，一个朋友对我说，他最大的梦想不过是被自己暗恋的人暗恋着。时至今日，我跟那个朋友早就断了联系，却暗自诧异着，我居然把这么一句话记得那么清楚，也不知道他最大的梦想实现了没有。

生活永远不会像电影，它充满着遗憾和不确定，我们有着电影里男女主角的影子，却不一定会有他们那样的结局。

突然想知道，十七岁的你在干什么。那一年的你，是否情窦初开，为了一个女生辗转反侧难以入睡过？

也许，那一年的你，为了她的生日四处奔波却悄悄不让她知道；那一年的你，跟她煲电话粥煲到天亮，其实你早就困到

眼睛都睁不开了；那一年的你送她回家，她对你说："我们会是一辈子的好朋友，对不对?"生生把你的表白给憋了回去。

你总在学校里刻意制造各种"偶遇"，想让她觉得你们是注定的缘分；你们总是隔着半个班级传纸条，讲属于你们的悄悄话；你听到班级里传起了有关你们的绯闻，你假装很生气，却暗自开心你们的名字能被联系在一起。

可是，那然后呢?

也许你们开始了这段感情，也许你们没有，也许她身边出现了另一个他，又或者是，你们把互相喜欢耗在青春里，却没有在一起。那个时候，总想着毕业了就能在一起了，可是真的毕业的时候，却怎么也找不到在一起的理由了。

再后来，某一次的同学聚会上，你终于还是对她说："其实那个时候我很喜欢你"，她盯着你眼睛用力地点点头，说："我也是……"得到答案的你却也只是笑笑，说不出自己心里是遗憾还是难过。

岁月是神偷，很抱歉，你们谁也回不去了。你想，她一定听懂了你点的《时光机》；你想，她一定听到了你心里对她说的“谢谢你，再见”。

可我依然会为了那些有关旧时光的电影甘之若饴地埋单，因为青春不过是淋了一场雨，感冒了，却还想回头再淋一遍。即便我们知道太多事情是徒劳无功，即便我们知道有一天我们会变成不动声色的大人，即便我们知道总有一天我和她的结局不过是分开，也许更坏，会变成陌生人，可是我们依旧会去做，我们依旧会开始那段感情。

或许在这个世界上，没有一份感情不是千疮百孔的，区别仅仅在于你如何看待它。

有些人注定只会被你放在心里，进而消失在你的生活里。你从心底知道自己是爱她的，尽管已经记不起她的样子。因为这爱如此深重，以至于你一度以为自己会忘不掉。直到有一天你发现，那些堆积在心里的思念，竟然不知不觉变得无影无踪。然而，至少她曾经让你觉得，遇见她，是一件值得被祝福的事。

青春在我们还在考虑什么是青春的时候已经悄悄溜走了，突然觉得，那个所谓的十七岁，那个纠结不安的十七岁，那个寂寞热血的十七岁，居然那么像是一个幻觉。

也许某天，你还会突然想起她，那个曾让你对明天有所期待，但却完全没有出现在你明天里的人。你想起十七岁的那份感情，突然笑出声来，那个时候的自己，好傻啊，却又傻得很值得。

错过了那个人，也许这辈子也就这样了。失去了缘分的人，即使在同一个城市里也不太容易碰到。也许终有一天，我们会发现，我们那么怀念的，不过是当初的自己。那么，又有多少人以朋友的名义守护一个人呢，在彼此最美好的时光里？

那一年，一场名为“青春”的潮水淹没了我们。退潮时，浑身湿透的我坐在沙滩上，看着最喜欢的女孩子用力挥舞双手，幸福地踏向人生的另一端。下一次浪来，会带走女孩留在沙滩上的美好足迹，但我还在。刻在我心中的女孩模样，也会还在。

说不定，这世界上最好的感情，就是你喜欢她，她喜欢你，你们却没有在一起。

文 / 卢思浩

暗恋，青春的独角戏

每个人的青春年华里，难免都会遇到这样的一个人，
悄然无声的走进了你心里，却没有走到你身边。
那个人，存在于心灵最柔软的角落，在悲伤或者开心时都会想起；
那个人，是记忆里的一个盛夏，
是最绚丽的邂逅，但也是最凄美的结局。

暗恋一个人，就像是茫茫黑夜道路中的一盏路灯，没有一位路人会注意到它的存在，但是它却心甘情愿地，为路人提供着光明。

每个人的青春年华里，难免都会遇到这样的一个人，悄然无声地走进了你心里，却没有走到你身边。那个人，存在于心灵最柔软的角落，在悲伤或者开心 时都会想起；那个人，是记忆里的一个盛夏，是最绚丽的邂逅，但也是最凄美的结局。

一个人，坐在青春的渡口前，守着一份纯真的执念，翻阅着光影的流年，一幕幕过往装点着记忆。那是怎样一个偶然的开始，怎样一个朦胧的瞬间，竟让无尽的思绪如流水般蔓延。

命运的巧合，让我在青春的年华里遇见你，你悄无声息地

走进我的故事，却徒留一段无语的伤悲。迷离的暗恋，模糊的爱情，就这样不知不觉地消遣了青春。而今，我依然愿你知道，如果现在的你需要一个拥抱，我给你。无关友情，无关爱情；无关心态，无关状态；无关希望，无关失望；无关信仰，无关信念。我只是想告诉你，你不是一个人。

谢谢你走进我的内心，谢谢你让我明白，爱情不一定要在一起才是最终的意义。

谢谢你给我一个舞台，让我唱完这场属于青春的独角戏。

文／如梦如殇

你心中有这样一个人吗

每个人，这辈子或许都有过这么一个特别的，
让人纠结、矛盾的“朋友”，也有那样的时刻，
你不甘心只做朋友的，但久了，突然发现这样最好。
你宁愿这样关心他，总好过你们在一起而有天会分手。

你心中有这样一个人吗？你们可能喜欢着彼此，但是，也许他为了朋友之间的义气，不能追；也许为了顾及家人的意见，你们没有在一起；也许为了自己的茫然未知的前程，没有勇气让对方等待。

也许你们相遇太早，还不懂得珍惜对方；也许你们相遇太晚，你们身边已经有了另一个人；也许你回头太迟，对方已不再等待；也许你们彼此在捉摸对方的心，而迟迟无法跨出界线。

不过，即使你们没在一起，你们还是保持了朋友的关系。但是你们心里清楚，对这个人，你比朋友还多了一份关心。即使不能跟他名正言顺的牵着手逛街，你们还是可以做无所不谈

的朋友。他有了喜欢的人，你口头上会帮他追，心里却说不清楚，你是不是真的希望他追到她。

他遇到了困难，你会尽你所能地帮他，不会计较谁又欠了谁。男女朋友吃醋了，你会安抚他们说你和他只是朋友，但你心中会有那么一丝的不确定。

每个人，这辈子或许都有过这么一个特别的，让人纠结、矛盾的“朋友”，也有那样的时刻，一开始你不甘心只做朋友的，但久了，突然发现这样最好。你宁愿这样关心他，总好过你们在一起而有天会分手。

你宁愿做他的朋友，彼此不会吃醋，可以真的无所不谈。特别是这样，你还是知道，他永远会关心你。既然做不成男女朋友，那么，当他那个特别的朋友，有什么不好呢？

你心中的这个特别的朋友，是谁呢？

有多少感情，都因为一厢情愿，最后连朋友都当不成了。常常觉得惋惜，可惜一些本来很好的友情，最后却因为对方的一句喜欢你，而你没办法反应，这一段友情似乎也难以维持下去。

于是，而难怪有些人会因此不肯踏出这一步。因为这就像是一场赌注，表白了之后，要不成了男女朋友，要不就是连朋友都当不成了。有些事不是能提前预料的，或许你们还可以是朋友，彼此可以装作不介意，但却已经不比从前了……

文 / 张小娴

暗恋

暗恋，是一季的花香，飘过四季。
那个人的名字，填满了日记。无论怎样，一切总会前行。
他会守着她留下的往事，继续在斑斓的青春里。
即使，转身之后，往事已不在。

暗恋，是那荷塘里初夏的荷，疯狂地长着，等待着岸边的人来，然后再拼命地开着；

暗恋，是那秋风中深秋的菊，绚烂的开着，等待着萧瑟的寒冷，然后倔强地开着；

暗恋，是那风雪中隆冬的梅，孤傲的绽放，等待着温暖的春天，然后开心地笑着。

暗恋一个人的滋味是甜的。看到那个人开心，不禁心花怒放；那个人对你的一个微笑，对你说的一句话，都会让你开心不已。其实，暗恋的人或许未曾奢求过什么，只是希望被他喜欢的人能一直开心，那么他也能开心，也能一起快乐。

暗恋的那个人，不求太多，只希望可以时常看到喜欢的那个人，可以时常听她笑，看她闹。

暗恋的那个人，要求的很简单，只是希望能知晓一些有关于那个人的一些事情，一点想法，哪怕是一丁点儿也好，那么的一丁点儿，也会在暗恋的那个人的心里蔓延，直至他的整个世界。其实，只要她好，他就会好。

暗恋一个人的滋味是苦的。看到那个人不开心，自己也会闷闷不乐，那个人的一滴眼泪，一丝落寞的眼神，都会让你于心不安。就算暗恋的那个人没有奢求过什么，但是他喜欢的那个人不快乐，不开心，那他的世界里就会缺少了什么，缺失了什么，又怎么会开心，怎么会快乐？

就算暗恋的那个人所求的太少，但每次见到的都是令人疼惜的眼泪，让人叹息的皱眉，这样的世界，又怎么会完美？

就算暗恋的那个人要求的再简单，但知道的事都是她过得不好，哪怕这样的消息是一点点，那么，也会在暗恋的那个人的心里掀起惊涛骇浪。其实，她不好，他肯定不好。

暗恋的那个人是卑微的。他时时刻刻喜欢着她，可是既害怕她知道后再也不理会自己，从此世界里缺失了她的身影，又害怕他的暗恋告白于天下，带来的是对她的不利影响，那是一种怎么样的于心不安？

暗恋的那个人是渺小的。他奢求的一句话、一个微笑会让他开心半天，可是，总会有人把他喜欢的那个人、被他视若珍宝的微笑、言语视而不见。

暗恋的那个人是可怜的。他放下自己的自尊，不顾自己的高傲，去偷偷地喜欢一个人，却不敢说出来，不敢去表白，没人知道他内心的伤楚，只能一个人安慰着自己。

暗恋的那个人是坚毅的。他深深喜欢的那个人不知道他的想法，他对她好，她虽然感激，但却不是他希望的，而他只能一直坚持。一路上，只有他一个人，默默行走。

七堇年说："我有时候想，如果世界上有那么一个人，能让我对其的想念漫长到足以使我在无眠的夜晚，彻夜写一封纪念……"

但是他的思念，她永远不知道。他的那一封封思念，永远只有他自己知道。那是一封封永远寄不出的相思之书。单相思的滋味就是暗恋的滋味。一个人笑，一个人哭。对她好，为她心疼，也是心甘情愿，不曾有过怨言。个中滋味，如人饮水。

暗恋一个人，最害怕对方喜欢上了另外一个人。即使他知道她很快乐，他心里依然有酸楚。但是，这些酸楚永远都会在心里。他愿意一辈子就这么守候着，看着她幸福，那么她的快乐是他最大的安慰。

一旦他喜欢的那个人过得不好，可是还伪装坚强。暗恋的那个人，或许就终于再也沉不住气。他会发疯了一般，不管不顾，只希望她开心，只希望她能好起来。他再也不顾，因为他知道她不幸福。他要亲自给她幸福。她的幸福，他来担负，再也不想去假借任何人的手。

暗恋，是一季的花香，飘过四季。那个人的名字，填满了日记。

无论怎样，一切总会前行。他会守着她留下的往事，继续在斑斓的青春里。即使，转身之后，往事已不在。

文／晓魏

暗恋，一幕最用心的哑剧

也许，你不知我爱着你。
我总是想要给自己找一个合适的理由，走向你在的地方。

暗恋是最好的哑剧，因为一旦说出来，也许就会演变成一场悲伤。

走在长长的路口，早早地幻想着，在转角的一刹那有你的身影出现，也许那只是擦肩而过，并没有留下什么，但却想深深的呼吸，想要感受你存在的气息。静静地回头，看着渐行渐远的背影。

也许，你不知我爱着你。

我总是想要给自己找一个合适的理由，走向你在的地方。总以为离你的距离近了些，我的心便可以更近地感受着你，那样心里才会踏实，才会很安全。其实我知道，即使是面对面地站立在你的眼前，你仍不知道我爱你。

常常会不自觉的把眼光投向你，你的每一个动作，都会牵动着我的神经。看到你的笑，我会默默地很开心；看到你面露愁容，我的心里总是百转千回。

当我发现，在自己的周围没有了你的身影，心里会感到突然失去了一件很重要的东西一样，满心的焦虑，让我坐立不安，只想要快点找到你。你成为了我生活中不可缺少的一部分，而且是很重要的那部分，但我的心思，你却无法明白。

现实的惨烈，不是我害怕疼痛，而是害怕失去了你，不说出来，至少这样可以把你放在心里，不用担心你的离去……

原来，暗恋，是这世上最用心的一幕哑剧。

文 / 佚名

有一个人

有一个人，永远是我觉得心中有所缺憾的。
因为感受过那种相同的宿命，可是因为彼此间的固执，
终究还是失去了。

有一个人，明明并没有多少相熟，却可以一语道破你心里隐藏着的是怎样的想法。第一次感到了手足无措，却窘迫而欣喜。因为第一次你可以告诉别人，我其实是个防备心很重的人，谁也不相信。

有一个人，你会祈求你们一辈子是朋友而不是恋人，因为只有朋友才不害怕会分手。可是，即使是朋友也有会变质的时候，越过了某种防线，那种微妙的平衡就会被打破。那个时候我会问，为什么我们不能永远是很好很好的朋友呢？

有一个人，和自己一样，是个外表坚强内心却异常脆弱的人，都是打从心底里寂寞得要命的家伙。就像他说的吧，我们

可能真的很像，也可能一点都不像，有时候很喜欢对方，有时候却讨厌得要命，都像是刺猬把自己包裹起来。

有一个人，会表现得一点都不相信你，却总在有意无意间，会把连兄弟也不曾告知的秘密和伤痛告诉你。因为觉得相像，所以总会把那个人的生活当作自己的去过、去焦急、去心疼、去关心，然后又会觉得自己过头了。

有一个人，不用说什么就能明白对方心中所想，有时候默契得连旁人都觉得惊讶，却不得不因为自己的生活圈子，而开始保持距离。

有一个人，永远是我觉得心中有所缺憾的。因为感受过那种相同的宿命，可是因为彼此间的固执，终究还是失去了。

文 / 安布洛斯·莱尔

致深喜浅爱的那个人

或许，每个人心里都有一个影子，
深深地喜欢，浅浅地爱，不张扬，不表白，只是浅浅的。
就这么远远观望，正如那早春的枝头，未绽放的花苞，
一阵清凉的风拂面而来，有一丝细微的香息，飘进你心。

最美的年华，有多少爱，等待中，缠绵过后，都败给了流走的时光？回眸，光阴深处的荒草丛中，一季温良后，成就了萧瑟，逐渐流失，模糊着，找不到来时的路。

于是，某个转角处，当轻拾一片落叶情怀时，时间的缝隙，触及到记忆深处开了锁，便开始参差堆叠。

回望那草长莺飞的季节，疏离过后，无数个爱的字符只在心底成就了一片枉然。伴随光阴的白驹过隙，过往的缠绵，渐渐淡然于心底，成了一阵风，风过无痕。

当然，某一些无缘牵手的，却成了生命记忆里最美好的故事，伴随烟火里的岁月，在心底叹息，在心底落地生根。

这世间，有一种爱，彼此远远观望，彼此在心底默默倾心，却从未打扰。那一颗芳心，有“欲笺心事，独语斜阑”的一丝微酸，也有“红豆生南国，春来发几枝”的无尽相思，更有“盈盈一水间，脉脉不得语”的彼此暗暗相惜着。

或许，每个人心里都有一个影子，深深地喜欢，浅浅地爱，不张扬，不表白，只是浅浅的。

就这么远远观望，正如那早春的枝头，未绽放的花苞，一阵清凉的风拂面而来，有一丝细微的香息，飘进你心，你的肺腑，鲜活了你身上的每一处细胞。含着纯净无瑕，淡淡的，让人品味舒适，又有无尽的留白，遐想在春天里，蔓延流连着，暖了指尖下的岁月。

一些藏在心中的爱恋，如水一般柔进骨子里，伴随着风，轻盈呢喃，漫舞在一窗岁月下，温润于笔尖，陪伴着光阴清浅。或喜悦、或相思、或沉静，隐隐皆有梅的暗香，于一笺素墨里缠绵。

于是，我把这份浅喜深爱，小心翼翼珍藏，穿越在人间烟火的水湄之上，随心灵浅行。

若有一天，某个时光的渡口，因缘相遇，我会以人间四月天的绽放，把最美的微笑展现给你，握手言欢，不谈风月，不言分离，不诉浅薄，将那不露山不露水的情意依旧深藏，而后转身离开。

若你懂得，若你能看穿我一眸秋水下，独对你的温柔，便可知我选择的答案。

这尘世，爱情太过奢侈，爱更是有保质期，何不永远定格在人生初见时的美好？待到时光老去时，温一盏岁月的女儿红，便可沁人心脾。

这个薄凉的尘世，从不敢奢望有天长地久的爱情，只想留一份浅浅静默而喜、静默而爱于心底。绽放，不疯狂；凋零，不慌乱。小心思里纵有些许小清寂，只等一切指间滑过，落在一盏茶的禅思里，便可开出一朵莲的静美，暗香余味久久……

将一朵花的心事，写进岁月的纸章上，那情思的色彩，淡妆浓抹总相宜。小心思，承载着一方梦的起航，借一抹时光羽化，将女儿情怀下的旖旎，圈画一个落点，只需，将我读懂你的心思，题一笔清墨，描绘一缕淡香，轻轻铺展在你的心路上，有我为你写下的春天，还有那芬芳的况味，更有柔波下不言絮语。

心有灵犀，一切，只因懂得，似那溪流的清晰自然，缓缓流进你我的心底。于是，我摘一片云来伴舞，为你舞一场醉人的月色，我的影子，落在你的深海里，将温柔融化进你的骨子里，从此，你的光阴，有我的心相随，不孤单。

人生，总是有很多的束缚，克己慎行下，那浅藏在心底的火花，若不加以约束，定会焚烧了自己，间接中伤害着爱你的人。

一场花事，一个句点；一段尘缘，一个落点；某些宿命无缘的影，若站在清醒的水湄，爱得理智，也可于岁月下，开出一朵唯美的花来。

一程山水，一程清欢，日子在细水长流下简约而行，那一盏桌前的半杯香茗，那袅袅升起的青烟，正如你，一点一滴，融化进我的岁月诗行里。

文 / 慧如风

怀念曾经只懂暗恋的自己

回望过去，我们又有谁，不曾执着地暗恋过一个人？
年少时的感情，总是没有来由的，好像瞬间就萌生了，
然后就细细密密地生长起来。

“怀念曾经只懂暗恋的自己。”

似乎是在一本书里看到了这句话。回望过去，我们又有谁，不曾执着地暗恋过一个人？年少时的感情，总是没有来由的，好像瞬间就萌生了，然后就细细密密地生长起来。

心底默默地喜欢一个人，就像在心里养一株植物似的，你用那个人的言语表情，动作神态，日常能观察到的各种琐事见闻，包括从朋友那听来的消息，来滋养着这株植物。等到它已经能自由生长，再也不受你控制，反而要反过来控制你的时候，你就知道，它长成了。

有趣的是，当种子不经意掉进你心里生根发芽的时候，你

只是慢慢注意到这个过程：开始每天关注这个人的一举一动，当然是装作不经意，担心太刻意，其实很在意，这样一天天继续着这甜蜜的负担，偶尔说上句话，也会开心半天。

心里装着一个人但却被他忽视，这种感觉难免很恼怒，所以有些时候，怒气也滋养着这份感情。不过，即使在心里对自己说，他就是个笨蛋，甚至还是个轻视自己的混蛋，但是这些也改变不了喜欢他的事实。

心底所有的百转千回的心思，只有自己一个人知道，对好友也难开口说些皮毛。总觉得说出来就有点不对了，似乎见了光，就像漏气的气球，削减了些什么，就像是密封的食物，打开了就会很快变质，始终只有在自己心里，是最安全最舒适的存在。

然后，分班、毕业、离校，你再也无法轻易见到这个人，彼此的关联就到此为止。于是，日子久了，即便无奈，那种见不到的憾意也渐渐地淡了，总归会把注意力转移到自己的新生活中，那个人，不过是偶尔被友人提及的名字，脑海中偶尔浮现的脸庞，而那容颜，也因为太久不见而模糊起来。

某一日，你只是兀自坐着，突然，宛如被闪电击中一般，又像是听到上天的启示，瞬间，你的心就空了。你知道，你已经可以不再为这个人忽喜忽愁、起伏不定，记忆中那种曾如此喜欢的心情，像是蒙上一层轻纱，成为了过往，真真切切地成为了过往。

于是，你对自己说，就当成是愚人节的一场玩笑吧。

有些事，计较了好些年，到头来却发现是自己太傻，只能说，年少的心，太敏感、太脆弱、太在乎外界的眼光罢了。

曾经以为就这样失散于人海，再无联系，这些年，偶尔会想象一下，再一次见面会是在哪里，在怎样的场合，会说些什么。

人生中最有趣的是，你总会在意想不到的场合里，碰见意想不到的人。虽然事后想想，其实那很正常，很符合逻辑，但要在茫茫人海中相逢实属不易，侥幸真的毫无预设地遇到了，只有私下再感叹几句，原来，喜欢过的人，总是那么容易就能看见。

只不过，这样的偶遇，已经是人生中需要被感谢的事项了，就像是偶然蹦出来的小惊喜、小礼物一样，让你淡淡一笑，多好。

喜欢过你，多好，而那个曾经那样认真投入地喜欢你的自己，我也实在想念。

这便是暗恋，留下来的，是回忆，是如此坦诚、真实的自己。

文/漫长夜晚星若可

第二辑·疼

谁,欠你一个拥抱

每个人的青春,终逃不过一场爱情。

在那里,有喜,有乐,有痛,却单单没有永恒。

若干年后,也许,你和她最初的模样都已在彼此的记忆中慢慢模糊,

但只要能够想起有这么一个人,曾在你的过往中短暂停留,

偶尔想念起彼此的好,嘴角自然地扬起成一个美好的弧度,

这,便是最好的结局。

看流年如花，安然绽放

许多缘分，如果无法抓住，莫不如含笑放手。
经年过后，不管是深深铭记，还是相忘于江湖，
相信，经历过，温暖过，便是生命中一程美丽的风景。

有人说，记忆的梗上，谁没有三两朵娉婷？无论尘世中有多少荒芜，流年有多么不堪回首，总会有一些散落的美丽，写满了柔情的词章，温暖了岁月的相遇，在某个寂静安谧的夜里，如绵绵不息的海浪，缓缓地漫过心堤。

提笔，蘸一滴叶间的清露，在一纸素笺上轻描下流年温暖的痕迹，不为铭记，只为捡拾起遗落在光阴水岸的芬芳，用以抵抗旅程的荒凉。

陌上红尘，多少次落红如雨，多少次长亭话别。也许，只是一次偶然的相遇，只是一个清浅的回眸，缘分的种子就在心里落地生根，风生水起。

那些平平淡淡的日子，因为有了一份牵挂，而缤纷成一阙阙唯美灵动的诗行；那些风雨飘摇的时光，因为有一份暖心的陪伴，而明媚成三月枝头绽放的春红。平淡的流年里，因为一路上有情和爱的相随，而变得熠熠生辉。

那些相遇的美丽，那些文字里的灵犀，从相见如故到一往情深，从新芽吐绿到苍翠欲滴，那些平平仄仄的韵律里散落的芬芳，你可曾感知，可曾用心去体会？

好想，用尽一生的时间为你书写一阕最美的相遇，为你奏一曲高山流水的欢畅，这一生，感谢你路过我的城池，给予我一份宛若春暖花开的相遇。这一世，安暖相伴，沧桑相陪，任年华更迭，岁月老去，也要将一份纯美的情谊唱到地老天荒，相惜晚朝。

时光中，相遇的故事或许有一个人生只如初见的开始，却无法拥有一个永如初见的结局。一季荼蘼花事了。那些深情若许的故事，那些铭心刻骨的往昔，都不过是岁月长卷里淡淡勾勒的一笔。来了，又去了；聚了，又散了。生命不过是一场叶落匆匆，一个转身，那个熟悉的身影就已融入到茫茫人海，无处找寻。

曾经说过要相伴一生的人，如今又去了哪里？那些曾经许下的诺言，早已被流年的雨水打湿，分辨不清当初的模样。许多时候，相见，不如怀念；再见，再也不见。

生命中，总会有不舍的一页，那么美，那么暖，字里行间，写满了深深浅浅的牵念，盛放着梨花若雪的洁白。曾经固执地以为，美好的时光会永远伫留在生命中，时光不老，缘分亦不会散去。却忽视了生命的行程中，总会有许多无法预知的风雨，无法抵挡的沧桑。

曾经的温暖、美好的记忆，也许只是一个转身的距离就黯然谢幕，多想，让世间所有的相遇都能有一个美丽的结局，让光阴永无薄凉，人世再无离散。只是，聚散离合，从来都不由我们的选择，一些缤纷的过往，不过像做了一场美丽而虚幻的梦，梦醒之后，你还是你，我还是我，站在光阴的两岸各自生活，你是你的莺飞草长，我是我的秋水长天。

或许，得到和失去，都是生命中寻常的章节。人生，从来都是一半明媚，一半忧伤，既有风尘飞扬的荒凉，也有花香满径的欣喜。此去经年，韶华暗换，多少并肩行走的人天涯相忘，云水各安。世事总要有个了断，无论圆满还是缺憾，我们所能做的，也只是且行且珍惜。

光阴，终会渐渐薄凉过往，曾经再美，也只能回味。

或许，我们都应当怀一颗聚散随缘的心，感谢那些曾在生命旅程中陪伴我们同行的人，正是这些或长或短的缘分，教会我们成长，让我们走向成熟，走向坚强。

那些远隔万水千山的呼唤，那些无法忘记的刻骨铭心，就把它小心地安放在心底，不再提起。若是忆起，只是微笑着，用一枝瘦笔，将它婉约成一纸清浅的水墨，浓处，是岁月走过留下的心心念念；淡处，是留一片恬淡素白给自己。

许多缘分，如果无法抓住，莫不如含笑放手。经年过后，不管是深深铭记，还是相忘于江湖，相信，经历过，温暖过，便是生命中一程美丽的风景。

一直以为，理想中的爱情或友情，都应该是“花开相惜，花落不弃。”然而，渺小的我们又怎么能与时光对抗？许多人，注定只能是我们生命中的匆匆过客，只在流年的素笺上涂下一抹淡淡的暖色，留下惊鸿一瞥的身影，转瞬奔向各自不同的方向。

但我亦坚信，风会记得一朵花儿的香，时光会记下那些美丽的过往。那些写满了安暖的陪伴，虽不能温柔岁月，亦在生命的某一段行程中绽放成一树素馨，明媚了岁月的苍凉。

生命中，还可以有一个人，让我们在念起时感到一丝微微的疼痛，亦或是唇间泛起一抹浅浅的微笑，又何尝不是一种幸福？

人生中本就没有完美，生命的旅程中，我们总会邂逅很多的人，路遇很多的风景，一段段散落的缘分和遇见，拼凑成记忆中无法抹去的曾经。

纵使行遍万水千山，看过红尘聚散，总有一段记忆，不再提起，却一直深藏于心底；总有一个人，是你心头无法言说的疼痛；总有一处风景，会于心底生根，发芽，葱郁成一片绿意。

也许，相逢有时，聚散无由。再美丽的邂逅，也终会在岁月中分付流水落花，各奔东西。人生若永如初见，其实只是我们心中美好而缥缈的愿望。

每个于尘世中行走的人，都不过是岁月长河中的匆匆过客，没有谁能永远陪伴在谁的身边。那些渐行渐远的往事，就将它交付于岁月，有些人，终是相见不如怀念：有些事，就让它在风中渐渐远走。

与其作茧自缚，不如守心自暖。

倚在流年的臂弯里，守着一扇幽窗，半卷书香，看那些悲喜交集的过往在时光的浣洗下，只余下了一抹淡淡的温暖，不再纠结，不再埋怨，亦不再去探究对与错。

若世间所有的相遇都是久别重逢，想必这尘世的每一段缘分，时光早已埋下了伏笔，如果没有辜负彼此的盛放，于心，于己，便可无怨无悔。

只愿做一个素心淡淡的女子，在恬淡的岁月中浅浅而行，握一路温润的印迹，将相遇、相惜的温暖和懂得深深典藏。看流年如花，一朵一朵地安然绽放，寂静，欢喜。

文 / 一米阳光

你若一直在，我便一直爱

那时，彼此都一直以为会永远相伴走下去，后来才发现，
那些交集过的眼神、相拥过的表情、倾心过的人，
都属于了另一个名字——曾经。

情感的国度里，爱有很多种。有的爱，是两个人在一起相濡以沫；有的爱，却不能天长地久地厮守；有的爱，只能隔一段距离相望。

相濡以沫的爱，请努力经营，不要轻言放弃；不能相守的爱，就珍惜彼此一起走过的路程；隔一段距离的爱，就让它藏在心里，丰润内心。

其实，爱，不过是走过所有的错失与遗憾，最终遇到那个对的人。无论我们停留在生命里哪一个阶段，都应该尽情去欣赏那一处风景。沿途一起同行的人越来越少了，也显得越来越重要。

一直以为，最美好的陪伴，是“时光不老，我们不散”。可是，红尘喧嚣，几多过客，几人珍惜？

相遇时，多少人许下过“莫失莫忘，不离不弃”的誓言。那时，彼此都一直以为会永远相伴走下去，后来才发现，那些交集过的眼神、相拥过的表情、倾心过的人，都属于了另一个名字——曾经 。

我们一直在这个人生的舞台上演绎着自己的故事，台下的观众却一批又换了一批。让感性的人黯然回忆，深深怀念 那份缘起的从前。

错过的风景，就不要再回头；擦肩的过客，就不要再强求。不要原地踏步不走，不要紧握从前不放。时光是一把利刃，你若不走，就必定会伤痕累累。当你刻骨相思，别人却已云淡风清，执迷只会让自己更惆怅。

天，无非阴晴；人，不过聚散。看开了，一切不过如此。留下的，就好好珍惜；错过了，就学会遗忘。生命总两难，只不过是一场随缘聚散。生命之幸，不是在对的时间，碰上对的人，而是在错遇时，能够淡然离开，不让彼此受伤。

缘起，不问聚散无常，只愿用心去珍藏；缘灭，不叹落花成伤，只愿淡淡去相忘。

余秋雨说："生命中有一些人，与我们擦肩了，却来不及遇见；遇见了，却来不及相识；相识了，却来不及熟悉；熟悉了，却还是要说再见。"

人的一生，有太多无法掌控的缘分，也有太多无言的叹息，生命原本就是在风尘中历练成沧海桑田，要学会优雅从容，学会往事随风。相信，再深的伤口，时光都会让它慢慢愈合。

在这浮华的红尘里，经历过缘聚缘散、伤心泪流的故事，每每想起，心中难免会无限感慨。或许，人与人之间，隔着一段距离相守才是最美。靠得太近，容易患得患失；过于疏忽，又容易走散。

感情的世界，从来没有对等，总有一方的付出会比另一方更多。甚至有时候，你的付出，带给对方的反而是一种压力，而且，付出越多，越是不懂放下，就越容易失去；越想牢牢抓住，就越会流失得更快。

世间没有一份情永如初相见，淡泊才长久，你若盛开，蝴蝶自来。无论身边是否有人珍惜，是否有人疼爱，这一切都要淡然对待。

你若一直在，我便一直爱。

文 / 卧龙

有些问题，没有答案就是最后的答案；
有的事情，没有结果就是最好的结果。

面对这个世界，我们都有过遍体鳞伤的时候。它教会我们看清了很多，学会了很多。生活来之不易，不必事事渴求别人的理解和认同，安静地过自己的生活。不要轻易去依赖一个人，它会成为你的习惯，当分别来临时，你失去的不是某个人，而是你精神的支柱。跌跌撞撞，做一个依然挚爱这个世界的人。

没有人会无缘无故出现在你的生命里，每一个人的出现都是自己成长蜕变的力量，都值得珍惜。

在你最爱的时候你不想结婚，在你最想安定的时候遇到那个可能不是你最爱的人，这就是婚姻。你把青涩和挚爱都给了他，最后把生活给了另外的他。这就是人生的出场顺序，相濡以沫却厌倦到终老，相忘于江湖却怀念到哭泣。一个惊艳了时光，一个温柔了岁月。爱得深，爱得早，都不如爱得刚刚好。

得不到回报的付出，要懂得适可而止。否则，打扰了别人，伤了自己。

不是每个人，都适合和你白头到老。有的人，是拿来成长的；有的人，是拿来一起生活的；有的人，是拿来一辈子怀念的。

吃醋是最明显的告白，
等待是最愚蠢的告白，
陪伴是最长情的告白。

你若爱，生活哪里都可爱，你若恨，生活哪里都可恨；你若感恩，处处可感恩，你若成长，事事可成长。不是世界选择了你，是你选择了这个世界。

我有一万种想见你的理由，却少了一种能见你的身份。

我们只能一直往前

人生一世，就好比是一次搭车旅行，
总要经历无数次的上车、下车。
车上时常有故事发生，有时是意外的惊喜，
有时，却是刻苦铭心的悲伤。

人与人的相见，大多不是恨早，就是恨晚。其实，什么是缘分？我们都无法说清，很多时候，人与人之间能够相识、相知、相爱，就说是前世修来的缘分，如果匆匆相识之后又不得不离开，就说是没有缘分、情深缘浅，或者说缘分已尽。

我觉得，这些理由似乎都很牵强，而席慕蓉寥寥的几句诗就道破了现实中那么多的相遇：在对的时间里，遇到对的人，是一种幸福；在对的时间里，遇到错的人，是一种悲伤；在错的时间里，遇到对的人，是一种叹息；在错的时间里，遇到错的人，是一种无奈。

张爱玲也说，于千万人之中遇见你所要遇见的人，于千万年之中，于时间的无涯的荒野里，没有早一步，也没有晚一步，刚巧赶上了，没有别的话可说，唯有轻轻地问一声：“噢，原来你也在这里……”

她的话，可能更准确地说明了时机的重要性。但是，她也许仍然觉得，遇见了的人便是对的人吧，只要在对的时间遇见，那么，我们就是彼此对的那个人。

选择自己遇见的人，相信自己选择的人。因为在千万年之中，时间无涯的荒野里，我们遇见了，那是那么幸运。所以，即便聪明如她这样的女人，最终感情还是走得那么艰苦，幸福少得可怜，纠缠一生的情感始终没有归属。

原来，即使你是与我定下几世缘分的那个人，我们的爱，仍然需要时间来成全。相遇得太早，我们还不知道怎么去珍惜彼此，还不知道，原来彼此是对方的幸福。于是，自私和倔强让我们轻易地就放弃了彼此。结果就是，彼此都以为付出了所有的爱，最终却还是让对方想要逃离。因为我们都知道，这个世界上，没有能回去的感情，就算真的回去了，你也会发现，一切都已经面目全非。

是的，回不去了，所以，我们只能一直往前。

人生一世，就好比是一次搭车旅行，总要经历无数次的上车、下车。车上时常有故事发生，有时是意外的惊喜，有时，却是刻苦铭心的悲伤。

我们会遇见形形色色的人，有的人只是有缘相遇，无分相守，留下一个擦身而过的凄美背影。我们也会遇见生命中很重要的那个人，也许你们没有一起上车，你到另外一节车厢找到了他。可是却发现，他身边的位置已经有人了。

一个人身边的位置就那么多，有的人进来，有的人却不得不离开。你也只好无奈的摇摇头，给自己一个大大的微笑，用最小最小的声音也要告诉自己要坚强，下一站风景依然迷人。

冥冥之中，时间才是一切的主宰，时间不对，那一切都免谈，否则，越是爱得深就越是伤得深，苦的还是自己。

一个人，其实可以在不同的时期爱上不同的人，每次也都是真心地付出自己最真的爱，但是，能走进婚姻的殿堂又是另一回事。

也许，最终和他走进礼堂的那个她，并没有他之前的任何一个女朋友出色、漂亮，而是她出现的时机对了，在他刚刚想要安定下来，有一个真心的人永远陪在他身边时，她刚好出现了。好，就是她了，不管她是多么平凡的女子。

也许，这些就是我们需要接受的事实。

文 / 末世琉璃

人生百味，唯愿岁月无恙

匆匆而行的人生路，
那么多人，由陌生变得熟悉，又从熟悉变得陌生。
相遇不能相守，不是没有缘分，
更多的，是身不由己……

人生如风，在四季轮回里不停地穿越，生命如风中的树叶，不知几时会绿几时飘落；人生如雨，串串水珠织成朦胧的背景，让人身在其中亦难看真。人生就在风雨中挣扎，无论平坦或者泥泞，都别无选择地穿行。

走过昨天，昨天便是一条切割线，把往事隔断。所以，人生只有往前看，看脚下是否沟壑纵横，是否荆棘密布。至于往事，就此放下吧，不要再留恋，专心向前，才不会被磕绊。

穿越人生，注定了和有缘人相识，缘分两个字，蕴含了几千年的哀愁和眷恋，经历了几世的沧海桑田，才在每个人心中留下憧憬。古语说："百年修得同船渡。"缘分使然，所以我们在这滚滚红尘品尽了人生百味。

匆匆而行的人生路，那么多人，由陌生变得熟悉，又从熟悉变得陌生。相遇不能相守，不是没有缘分，更多的是身不由己……

一路风雨中，很多的交集化为沧桑却只能寄于孤独的背影。人生就是寻找，茫茫众生，我们都在寻找弱水三千中的那一瓢，都在等待千年修得的一段缠绵，多少的期待和祈祷，多少的回眸和擦肩，才会相逢、相知、相守？

尘世间，不管走到哪儿，哪儿都是起点，哪儿也都是终点，每一个脚步落地，都要再迈步向前。一生该怎么走，没有预演，没有规划好的路线。人生就是在和时间赛跑，它是无情的，我们是多情的，当有情遭遇无情，我们只有向前，不能回头看，不能稍作停留，我们和命运搏斗，苦也罢，累也好，只为生命戛然停止的那一刻，无悔无怨。

世界说大很大，说小很小。有些人，会在不经意间穿越你的视线，高兴也好，愤怒也罢，顷刻间都是过往，转过身去，关上心门，一切的一切，还和你有关吗?

悄悄地告诉自己，这个世界永远不会以自己为中心，自己在任何人心中也没有想象中的重要。自己不是李清照，不才华横溢；自己不是王昭君，不惊落飞燕。自己就是最平凡的一粒尘埃，自己的路就在自己眼前，磕磕绊绊算什么？笑过，哭过，还不是一样走过?

这个世界不是完美无瑕的，守住自己心中的景色，才能感觉雨后的彩虹的斑斓；这个世界没有为你特制的保护伞，所以风雨中，你只有自己埋葬自己的忧伤；这个世界没人为你喝彩，沉默的夜里，别让人看到，还是该自己为自己鼓一鼓掌吧。

斗转星移，四季轮回，固守自己人生的底线，等花开花落，等草枯草荣，努力寻找生命中最美的风景。岁月弹指间，感慨人生多难，人生苦短，看似水流年，几多浮萍随波走远，用最真的情感煮一段陈年过往，用心记住每一份感动。

走过红尘，不奢望留下名和姓，心如天涯，走过便看尽风景，挥挥手，无论对错，无论留恋与否，一切都留给了过去。

岁月无形，我们留不住什么，到头来还是白纸一张；岁月有形，一张张沧桑的面孔就是我们走过的见证。

人生百味，唯愿岁月无恙。

文 / 滴墨成伤

天空的心事，只有云懂

很多事，有些时候，我们真的无从选择。
唯愿活在当下，不忧伤，不悲戚，不沉湎于过往，
懂得且行且惜，相信幸福不远。

曾经看过一句话，至今都还记得：每一只蝴蝶，都是从前的一朵花的灵魂，回来寻找它自己。

我早已不记得这句话是谁说的，只是这话，深入我心。前世，你为高山，我为流水，这一曲的相知，是流年里最素雅的花朵。今生，你是花儿，我是蝴蝶，只因前世执念太深，我便化身为蝴蝶来寻你。蝶儿的思念，只有花儿懂；天空的心事，只有云懂。

人世间，总有一些相遇，是久别重逢。我们因缘而在一起，也是因缘而分离。就像是前生注定，无论经过多少磨难，那个人，亦如花和蝶宿命一样，有着千丝万缕的联系，有着斩

不断的三千痴缠。生生世世，相守不离。

有的人，遇见了，也曾经很用心地爱过，只是到最后，终是没能长相厮守，白头到老。你开始反复责怪自己，错的太多，以至于失去了太多。可是，在感情的世界里，谁对谁错，谁是谁非，又有谁能真正说得清楚呢？若是做不到从容放手，那就给他一个拥抱，然后转身离开。

就让他停留在你心里，就让美好停留在记忆里。然后，告别伤与痛，去寻找幸福的方向。至少，曾经躲在你怀里，可以肆无忌惮地哭；至少，曾经也拥有过你的温度；至少，那一段路上，你曾为我遮风挡雨。就像是别人所说的那样：不在乎天长地久，只在乎曾经拥有。

也许，幸福是一种很珍贵的花朵，就像那冬天里的傲骨红梅，愈是在冰天雪地的环境里，它才开得最美丽，最繁盛，最自由自在。

在皑皑白雪下，迎风盛放的红梅，只为自己而开落，无论花开还是花谢，都是一种两看无言的幸福。而你想要一睹梅花的风姿，就要踏着冰雪覆盖下的路，不畏寒风，因为在寂寞的墙角，才能发现它的芳踪。

当你看到朵朵红梅在枝头微笑，那一刻，所有的付出都是值得的，你便能懂得，什么是所谓的幸福。那绕在鼻尖的一抹暗香，那留在心底的惦念，是记忆最诚挚的心意。

只是难免会想，那字里行间的幽怨，苍白了谁的等待？那如水却韧如丝的爱恋，含香了谁的笔墨？

都说人世无常，是的，我们谁都无法预料什么，下一秒会发生什么事，谁都无从得知。也许，那个对你慎重许下诺言的男子，未必是有意欺骗于你。各人有自己的无奈，只是这三言两语，是不能把那其中的曲折说清道明的。

很多事，有些时候，我们真的无从选择。唯愿活在当下，不忧伤，不悲戚，不沉湎于过往，懂得且行且珍惜，相信幸福不远。

闲来无事的时候，总喜欢沏上一杯花茶，看花儿在杯子里慢慢舒展开来，朵朵就好似还是初开时安静的姿态，还是那时候的色泽，还有那时的幽香。那些晒干后的花如今可被用作泡茶，而那冷掉了的茶水是不能再喝的。不然，会冷了心口。

所以，有的时候，有的人离去，就好似那秋天一到，叶子就得片片掉落。所以，当繁花谢幕后，当爱情由浓转为淡的时候，不必长吁，也不必短叹。要相信，温暖着，明媚着，就是希望；要知道，珍惜着，回味着，就是暖意。

回首之际，记忆的湖泽早已被迷烟所笼罩，岁月的彼岸花早在凋谢的誓言下枯萎。

其实，我们都是红尘里的惆怅过客，我在走过的路途之中，还可以清晰找出曾一起相伴的倾城岁月。只是，再也不能原路返回。那窗外的叶，绿了又黄，黄了又落，却也不是去年的那片叶，就像当年的那朵花，再也不会再见到。

这世间，究竟有什么能永垂不朽，又有什么是真正的永恒？所以，和有缘人，做开心事，莫问，究竟是劫，还是缘。

文 / 暮樱雪落

说不定，遇见的意义是为了告别

如果说我遇到你，变得更好了的话，那么我想，
把这样的自己保留下来，努力地迎接接下来的每一天。
说不定，我来这座城市，是为了遇见你，
而我遇见你的意义，只是与你告别。

刚开始见面的时候，以为一见钟情就这么发生了，再或者，就总以为你是特别的，跟别人都不一样。

一见钟情，这种类似于奇迹的东西，你喜欢上她，她正好喜欢上你，可是这样的戏码似乎天天在上演，你想自己终于遇到了那个对的人了，可很久以后却又分道扬镳。

现在的我，好像已经不会经常想起你了。

嗯，就是这样。

本来还以为当我承认这一点的时候一定会有点难过，现实是我比想象中的平静多了。

这种感觉就像是我很早就意识到这一点了，我很早就知道有一天我不会再想起你，只是我一直不愿意去承认而已。

有人会问我最喜欢的季节是什么，我说是夏天，因为夏天里充满着回忆的味道，阳光热烈到让人觉得未来都是明媚的。

于是他又问我最讨厌的季节是什么，我想了想说，还是夏天。他看起来有些吃惊，我说，原因跟我喜欢它的原因一模一样。

回忆越美就越伤人，总是身在福中不知福，等到错过了早就来不及了。

现在想起你，不会那么难过了，我可以很好地接受我们不会在一起这个事实了。

写起这些的时候，我的确有怀念，但是我不遗憾。如果说我遇到你，变得更好了的话，那么我想，把这样的自己保留下来，努力地迎接接下来的每一天。

说不定，我来这座城市，是为了遇见你，而我遇见你的意义，只是与你告别。

文 / 卢思浩

暖遇

遇见该遇见的人，是一种缘，
和有缘的人一起共度人世间的悲欢离合，是一种福。
但是，很多的遇见都注定了相离，
又有多少人在遇见的那一刻，就在倒数着离别的日子呢？

浅陌红尘，总有一些遇见被称之为“暖遇”，如同雨晴邂逅彩虹，蝶舞追逐鲜花，朝阳相逢晨露……更如同生命里，人与人遇见了，自此，生活不再寂寥，彼此陪伴着，走过泥泞坎坷。

遇见该遇见的人，是一种缘，和有缘的人一起共度人世间的悲欢离合，是一种福。但是，很多的遇见都注定了相离，又有多少人在遇见的那一刻，就在倒数着离别的日子呢？

这样的暖遇和邂逅，如同是在相思的渡口上演的一场杏花烟雨。泪，洒在心间，是苦涩也是甘甜；笑，染在眉梢，是画眉深几许的妩媚，也是素颜雅几分的清丽。

无论结局如何，展眉抬眼之间，总希望彼此一生安好。

这样的暖遇，可遇而不可求，一生之中，有过即可。这样的暖遇，遇见了就不要离开，即便离开，甚至也不敢奢求再次遇见。

用了心的心，动了情的情，牵了手的手，不是一句“相逢一笑泯旧事”，就能过眼云烟，也不是一句“我已忘了”，就能风轻云淡地再次颔首微笑。如果真的无法再次遇见，就总是会有种淡淡的感觉，叫作难以释怀。

其实，人生许多次的邂逅，好与坏终是无言，清欢自品，相思自搁。如果真的回不到过去，那便与另外一个自己，相酌一杯暖酒，心里暗自想着：其实这样也好，就请你不要再次出现，打碎了这一场梦中的杏花烟雨……

文／潇然轩梦

有些人，我们一直在错过

有些人，很多机会相见的，却总找借口推脱，
想见的时候，已经没机会了；
有些话，有很多机会说的，却想着以后再说，
要说的时候，已经没机会了。

有些人，一直没机会见，等有机会见了，却又犹豫了，相见不如不见。

有些爱，一直没机会爱，等有机会了，已经不爱了。

有些人，很多机会相见的，却总找借口推脱，想见的时候，已经没机会了。

有些话，有很多机会说的，却想着以后再说，要说的时候，已经没机会了。

说好永远的，不知怎么就散了。最后自己想来想去，竟然也搞不清当初是什么原因分开彼此的。然后，你忽然醒悟，感情原来是这么脆弱的。经得起风雨，却经不起平凡；风雨同

船，天晴便各自散了。

也许只是赌气，也许只是因为小小的事。幻想着和好的甜蜜，或重逢时的拥抱，那个时候会是边流泪边捶打对方，还傻笑着。该是多美的画面。

没想到的是，一别竟是一辈子了。于是，各有各的生活，各自爱着别的人。曾经相爱，现在已互不相干。即使在同一个小小的城市，也不曾再相逢。某一天某一刻，走在同一条街，也看不见对方。先是感叹，后来是无奈。

也许你很幸福，因为找到另一个适合自己的人。也许你不幸福，因为可能你这一生就只有那个人真正用心在你身上。

很久很久，没有对方的消息，也不再想起这个人，也是不想再想起。

文 / 张爱玲

谢谢你，曾经出现在我生命里

曾经很天真地以为非谁不可，其实并非如此。
青春里关于爱情的畅想，并不需要完美，
也恰恰是那些不完美，让我们的青春真正地活在了当下。

熟悉的旋律，无意间又再响起，空气中盘旋散落着一幅幅关于回忆的画面。每一段旋律都有属于它的故事，只是不知道故事里的人，是否一如以往般孩子气？还是已经在岁月的棱角里渐渐成长？

也许，每个人对幸福的定义并不相同，路过的风景也会不同。可即使岁月变迁，人来人往，总会有一些人、一些事，让人留恋。在一个熟悉而又陌生的城市，喧闹的街道，匆匆而过的行人，多少人会记得你的容颜？

人心总是飘浮不定地追求着，为了会在生命里出现的盛夏繁华。回忆像是沙漏，在一点一滴中流逝，而你的笑，你的闹，甚至你的欢喜厌恶，曾经全都被谁牢牢地装进了心里？

喜欢仰望夜空，那漆黑的夜空，闪烁的星光中暗藏了多少故事？也许，星光里真的有人们期许的泪光。还记得当初一起放的孔明灯，纯真又美好的愿望伴随晚风缓缓飘向远方的天空。曾经十指紧扣，共同凝视过那片夜空的恋人，如今是否依旧那样幸福？

思念偶尔会掺杂着酸涩的泪水，而后，就该为自己擦干泪水。当一切的温柔，一切的怀念，都成为了往事，也该学着把往事上一道锁，为了下一次的遇见。

愿得一心人，需要多大的勇气？茫茫人海里相识，缘分的到来是谁也无法阻挡的。只是，在享受美好的同时，人们也要学会准备承受失去所带来的苦痛。

如人所说："生活不可能像你想象得那么好，但也不会像你想象得那样糟。人的脆弱和坚强都超乎自己想象。有时，可能脆弱得看见一句话就泪流满面；有时，也发现自己已经咬着牙，走了很长的路。”

今晚的月色好美，一如初见你时一般，而现在的你，过得还好？

如果有一天，我们再次相遇在这人海茫茫，你拥有你的幸福，我怀着我的笑颜。只是在某个瞬间，我们或许会不约而同地猜想着，在彼此的心里，是不是依然住着那个不可能的人……

缘分让我们曾经走到一起，但命运却未必许诺给你一个美好的结局。曾经很天真地以为非谁不可，其实并非如此。青春里关于爱情的畅想，并不需要完美，也恰恰是那些不完美，让我们的青春真正地活在了当下。

谢谢你，曾经出现在我生命里。

文 / 星空的奇迹

欠你一个拥抱难还

曾经有过那么一刻，
你说要给我半壁江山，许我一世安暖，我却狠狠地推开了，
于是后来才发现，还欠你一个拥抱难还……

这一生能有一个人，相遇、相知、相爱、相守，那该是怎样的一种幸福呢？

爱情，人世间永恒又古老的主题。在尘封的记忆中，昔日的爱情故事已经成了心中轻轻的叹息，挥之不去，抹之不掉。而这一切，皆因了那句："此情可待成追忆，只是当时已惘然。"

是啊，年少轻狂时候的我们，总以为还能遇见更好的，于是肆无忌惮地挥霍着属于我们的青春。殊不知，这一挥霍，成了我们此生的遗憾。不是时间，不是距离，只是遇见了那个美好的他的时候，我们总在徘徊不定。我们总是给自己找各种借口，总以为自己给不了对方想要的那份幸福。殊不知，没能坚

守下去，又怎么知道他想要的那份幸福是什么？如今也只是可惜，我们再也没有那样的机会，去重拾青春中遗失的那些美好。

爱，真的是一流激荡的水流，似乎没有容器容纳得下。曾经牵过手的，灯火阑珊处的那个人；曾经深深驻扎在心里，不肯忘却的那个人；曾经故意躲避，不肯见面的那个人；曾经删了所有联系方式，决心狠狠忘掉的那个人，是否真的要到放手之后才会被珍惜与怀念？

也许，我们都一样吧，得而不珍，失而难过。

我们一样，只是尘世中渺小的一员，我们也都有爱恨情仇，生老病死。我们爱着那个让我们动了心的人，然而爱着爱着，却渐渐地走散了。

也许是不适合，也许是不珍惜的结果吧。可也正是那样的一个时刻，我们才懂得了我们想要的是什么。

在灯红酒绿的都市里，有一个能懂自己、爱自己的人，夫复何求？我们遇见了，但也错过了。我只是希望在将来的某一个时刻，当我回忆起来的时候，回忆不至于那么的苍白无力。至少，在遇见你的那段年华里，我，是真心地爱着你。

《诗经》中说："死生契阔，与子成说。执子之手，与子偕老。"曾经有过那么一刻，你说要给我完璧江山，许我一世安暖，我却狠狠地推开了，于是后来才发现，还欠你一个拥抱难还……

文／许安颜

心中那不为人知的角落

因为有这样一个角落，我们才会深深地铭记，
那些走过的岁月里有一些人、一些事，
让自己爱过、恨过、期待过。

每个人心中都有一个不为人知的角落，在这个角落里，也许堆满了不愿触碰的忧伤，也许是一个难以言说的悄然的梦，再或者，是曾经的一段不愿提及的遗憾。

在这个角落里，我想，应该是尘埃纵横的吧？因为那些上了锁被封存的记忆，就安静地躺在时光里，如果没有触景生情，也许，我们一辈子都不愿再去触碰。

在这个角落里，我想，那些上了锁的记忆，却又都是鲜活的吧？因为时光可以流走，记忆却可以永恒。一些人、一些事，仿佛定了格，在我们柔软的心底，是永远也挥之不去的风景。

并不是刻意要保留这样一个角落，而是当痛苦和忧伤无处

安放，我们需要一个让灵魂解脱和安静的地方。

常有人说，有故事的人才是丰富的，有故事的人生才是完整的。这故事于我们，是一种彻悟、一种回味、一种灵魂的升华，而这个小小的角落于我们，恰恰是心灵故事的集散地。

因为有这样一个角落，我们人生的故事才更完美，更深刻，更多了几分人生该有的豁达；

因为有这样一个角落，我们才更明白了痛彻心扉的滋味，懂得了拥有的要倍加珍惜，失去的要坦然面对；

因为有这样一个角落，我们才会深深地铭记，那些走过的岁月里，有一些人、一些事，让自己爱过、恨过、期待过。

给自己的心灵留一个角落，并不是固步自封，更不是让自己沉沦，有时候，锁在心里的东西，会成为让生命默默迸发的强大动力。

应该庆幸心中有这样一个角落，让我们学会回首和展望；

应该庆幸心中有这样一个角落，让我们能更多地储存和审视生活；

应该庆幸心中有这样一个角落，让我们懂得更好地把握身边的幸福和快乐。

文/红尘一笑

茶凉了，就别再续了

那些擦肩的缘、路过的分，那些付出的真情、遇到的真诚；
那些曾经的感动、深情的动容，都是记忆深处清浅的花朵，
即使只是瞬间的绽放，也会暖流满心。

茶凉了，就别再续了，再续，也不是原来的味道了；
人走了，就别再留了，再留，也不是原来的感觉了；
情没了，就别回味了，再回味，也不是原来的心情了。
慢慢的，都会远；渐渐的，都会淡。
拥有时，好好珍惜；离开了，默默祝福。

人生的路途，没有人可以真正担保一定能陪谁走到最后。那些擦肩的缘、路过的分；那些付出的真情、遇到的真诚；那些曾经的感动、深情的动容，都是记忆深处清浅的花朵，即使只是瞬间的绽放，也会暖流满心。

生活，一半是回忆，一半是继续。它是公平的，忘记一份

回忆，也会懂得一份珍惜。学会与自己的伤痛和平共处，便是成长的意义。

很多时候，我们抱憾，原因只是放不下。放不下远离的人，放不下曾经的事，放不下失去的物；放不下一截时光，放不下一段回忆；放不下成败，放不下荣辱，放不下不属于自己的一切。

当历经岁月的渲染，人海的沉浮，我们才知道，放下才会轻松，放下才能自由，谁先释怀，谁才幸福。

所以，即便烦了、倦了、累了，也要爱惜自己，珍惜自己，好好生活。人生，总会有不期而遇的温暖和生生不息的希望。

文 / 佚名

红尘来去，才是生活的常态

这世上有太多的人，读得懂风花雪月，却走不出沧海桑田。
曾经以为携手一生的人，走着走着就散了，
曾经以为刻骨铭心的痛，看着看着就淡了。
然而，想忘却，终是不能够。

或许，是时光太瘦，指缝太宽，于是，这世上有太多的人，读得懂风花雪月，却走不出沧海桑田。曾经以为携手一生的人，走着走着就散了，曾经以为刻骨铭心的痛，看着看着就淡了。

然而，想忘却，终是不能够。

也许，每个人一生之中，至少该有一次忘我的痴恋，没有奢求，没有谁对谁错，亦不怪情深缘浅。对望，相知相惜；转身，无怨无悔。只默默地珍藏那一场聚散离合，只消得一季花香，暖到落泪。

也许，一次不经意的欢笑，会灿烂一生的守候；也许，一个不经意的回眸，会萦回一世的心痛。风起，音来；缘生，相守。一份感情，可以是自此天涯不相问的骄傲，更可以是低到尘埃里再开出花来的卑微。

感情是个很奇怪的东西。你来了，他走了；你走了，他却回到原地痴痴地等。这一生中，总会有一个人，老是跟你过不去，而你，却很想跟他过下去。爱情很短，短到只剩下一个擦肩，而痴情却很长，长到我们往往要付出灵魂中的地老天荒。

于是，便有了“人生若只如初见，何事秋风悲画扇”的感慨。

想来，这滚滚红尘的人世间，这茫茫的大千世界，总有一个人，是你解不开的心头结；总有一个人，是你看不够的弯月亮；总有一个人，是你做不完的相思梦；总有一个人，是你流不完的痴情泪；总有一个人，是你读不够的朦胧诗；总有一个人，是你写不完的婉约词。

而在经历了千回百转之后，你就在这心头结中行走成风，你就在这弯月亮下羽化成蝶，你就在这痴情泪中翻江倒海，你就在这相思梦中立地成痴，你就在这朦胧诗中望穿秋水，你就在这婉约词中缠绵悱恻。

也许，正是岁月留下的真实痕迹，正是浮世难寻的简约美丽，才会让人如此心动，不能自已。然而，触目横斜千万朵，赏心只有两三枝。这世间，又有几人能像张爱玲所说的那样，于千万人之中正好遇见你想要遇见的人，没有早一步，也没有晚一步，只是刚好地遇见呢？

太多男女，人约黄昏后，却泪湿春衫袖；太多无缘的人，默立于灯火阑珊处，蓦然回首，却不见有人等候。很多缘分都被时光无情的蹉跎，当年一心想携手红尘的人，就这样失散在尘世的洪流云烟中。

谁是谁的驻足？谁是谁的守望？谁是谁的曾经？谁又是谁的沧桑？漫步时光回廊，静默，宛立。当所有的缠绵都于指尖化成一缕轻烟，泪光中，不忍离散的，究竟是恋，还是叹？

光阴无休止，那些绽放的、飘飞的、消失的，都变成了曾经；那些快乐的、冷漠的、痛苦的，都化作了生命的滋味。经年回眸，一些事，不需要捡拾，已在心里；一些人，不需要回忆，却挥之不去。

或许，缘起缘灭，终是一指流沙；或许，红尘初妆，最初的面庞，终会碾碎梦靥无常。既然开始无法安排，那么结束也无需设计。花开终有时，花落亦无声，红尘来去，才是生活的常态。

文 / 红尘浅醉

走过不属于自己的风景

每个人的心里都有一座城，住着一个不再可能的人。
那些人，在你的青春路过了一阵子，
却会在记忆里搁浅一辈子。

生命中，有些遇见，不是为了有更好的结果，只是为了在最美的时光遇见最美的你；有些人，不是为了得到，只是为了能在同一片天空同时呼吸而满足。

生命中，许多美丽的邂逅，不管最终的结局如何，都改变不了它曾经如何炽烈地怒放过，然后，就在彼此的记忆中撒下了一粒永远不会发芽，也永远不会腐去的种子。

每个人的心里都有一座城，住着一个不再可能的人。那些人，在你的青春路过了一阵子，却会在记忆里搁浅一辈子。

人在旅途，有许多错过，痛断肝肠；有许多遇见，念念不忘。一些痴缠，可能会换来一身的疲惫；一些寻找，让它随风，未必不是轻松。向前走，走过不属于自己的风景，学会收藏，学会遗忘，学会坚强、开朗、坚韧，更要温暖地活着。

感情里，总会有分分合合；生命里，总会有来来去去。许多时候，风雨，不是天象而是锤炼；沧桑，不是无奈而是襟怀。以一种洒脱的姿态放手，以一份微笑的心境达观，浅浅喜欢，静静的爱，深深思索，淡淡释怀。

我们都应感谢每一个与我们有缘，从我们生命中走过的人，实际上，很多东西没有必要刻意去淡忘，随着时光的流逝，会自己走出我们的世界，只留下点滴的印痕，而这点滴印痕也会成为经年后的感怀，单纯而美好。

没有放下，终究没有拾起。

文 / 佚名

时光深处，唯愿岁月静好

谁曾对谁说过一世情长，谁又对谁说过两心不忘？
总有一天，这些都不重要了。
既是蝴蝶，曾经起舞过就已经足够了。
相遇，将丝丝柔情揉碎在岁月中，
让青春有了多彩的梦，让岁月有了动人的颜色。

年少时，总会向往轰轰烈烈的生活，期待能有一场惊天动地的爱情，即便是花香，也喜欢浓郁醉人的。随着年龄的增长，当初的那份期待与热烈，渐渐被岁月消磨得荡然无存，心中却多了一份淡然。

其实，幸福的味道不是浓郁的芬芳，而是淡淡的幽香。一份爱，不浓不烈，才能长长久久；一条路，弯弯曲曲，才能走出韵致。时光，浓淡相宜；人心，远近相安。生命的美在于平和，生活有时候淡淡的就好。

谁曾对谁说过一世情长，谁又对谁说过两心不忘？总有一天，这些都不重要了。既是蝴蝶，曾经起舞过就已经足够了。

相遇，将丝丝柔情揉碎在岁月中，让青春有了多彩的梦，让岁月有了动人的颜色。

或许，人生就是看不同的风景，遇到不同的人吧！雁字回时，不知情飘何处，看天空朵朵云彩飘来散去，但在心里，我们依然为彼此留一份美好在心底。

人生起起落落间，总会有一些情怀需要安静回味；总会有一些伤痛需要独自体会；总会有一段路需要一个人走；总会有一些事需要坦然面对。

当心倦了、累了，记得停下来，给心灵寻一份安暖，给自己寻一方晴空。品一盏茶茗，听一曲琴音，就是一段光阴；吟一首小诗，念一段过往，就是一抹情怀。

生命的旅途中，我们一直在寻寻觅觅，却总是容易忽略了眼前的风景。其实，美好都深藏在岁月中，每天清晨坐拥的那一米阳光；春日里那含苞未放的花朵；冬天里飘落的第一片雪花，都是美好。

其实，幸福都渗透在柴米油盐的平淡中。所以，不要说你不幸福，当你沐浴在这春日暖阳中，已经和幸福撞了个满怀。

人生，经历过便无悔，生活依然要继续，岁月的厚重永远也阻挡不了时光的轻盈。

此时，明媚的阳光透过窗棂，在我的眉眼间穿行，照在我心灵的花海上。当记忆的风吹来的时候，就会散发出阵阵的花香。这香不浓不淡，是经过岁月沉淀的馨香，在人间烟火中升腾，带着岁月恬淡与感悟，持久而永恒……

时光深处，唯愿岁月静好。

文 / 佚名

爱情这把刀

有时候，人，首先要有告别的勇气，才会有幸福的可能。
如果你没有失去他，便也不会遇见另一个他。

爱是一种很奇妙的感受，无论在任何年代都难去定义，也从来没有准则。可也正是因为如此，我们常常把那些说不清、道不明的情感，都归为了爱。可事实也许并非如此。好多人，总是把即将失去一件原本属于自己的东西时，所产生的失落与不甘和看到别人得到曾经属于他的东西，而产生的嫉妒混合在一起的情绪误解成爱。

爱得太深，自然就会有失去时的不甘，就会有看到曾经心爱的人归入他人怀抱时的妒忌。爱得太深，就会有痛苦，有懦弱，有卑微，有不顾一切，有对所有的苦痛与伤害的甘之如饴。

然而，任何东西，只要够深，都是一把刀。

或许爱得太深，便已经不再是爱，而是偏执了。

爱情存在于这世间的意义，应是两个人的相互扶持，彼此的陪伴与鼓励，为了对方努力变得更优秀，为了两个人的未来，努力活得更精彩。在一起时互相守候，分开时感谢彼此过去的陪伴，然后微笑地祝福。

爱情，是美妙甘甜的，但也会有苦涩，会有痛楚，要懂得包容，懂得忍耐，但不是为了爱情而去无限度地忍受痛苦，接受伤害，让爱情变成了一把插进生命里的刀。

回想那些我们曾经念念不忘，思念时痛彻心扉的人，你曾以为那会是一生的不忘，一世的不舍。可其实数年之后，那不过只是一个名字而已。你所怀念的、放不下的，只是那段时光里的自己，只是那段相爱时的感觉。

其实，这个世上，谁失去了谁，都该一如既往地生活下去。你虽然不会再遇见一个和过去一样的人，却一定能遇见有着不一样的感觉，一种更心动、更安稳、更让你愿意守候与相信的感觉，还有一个更美好的自己。

人的生命是一个持续的过程，不会因为一时的中断而停下，不会因为一次离别、一次伤害、一次跌倒而终止。我们每个人，仔细想想，其实都是越活越好的，而你也是越来越成熟，越来越坚强，越来越温柔，越来越美好。

既然，曾经的你可以遇见一个让你愿意托付终身的人，那么，未来的你一定会遇见一个愿意许你一世繁华的人。

有时候，人首先要有告别的勇气，才会有幸福的可能。如果你没有失去他，便也不会遇见另一个他。

面对过去的那个人，将来终会有一天，你会抛开浓妆与亮丽的衣服，简简单单地去见那个曾让你撕心裂肺的人，而你的心不再起任何波澜，不再期许，也不再怨恨。只是像老朋友那般，微笑着说一句“好久不见”，坐下来聊上几句，毫无暧昧的情愫，不再细数过往的对错。你会礼貌地说再见，没有不舍，没有回头，坦然地化解积攒了那么久的委屈与放不下。

那时候的你，也许从未那般真切地希望与庆幸过，这个人已不再属于你。

错过的不怨，爱过的不恨，曾经的一切，你终会一笑置之。你勇敢地向前走，安宁地去生活，不再对谁隐瞒，不再因为谁而否认。曾经的你确实深深爱过，后来的你终于让这一切过去，诚实且坦然。

有一天，当你再想起他时，不是沉默或哽咽，而是微笑淡然地讲述，那便是你在他那里得到的最好的成长。

文 / 陈亚豪

哪怕你们没有在一起

即便你们没有在一起，已足够让人羡慕。
因为至少在很久以后再提起往事的时候，
你们可以说，在你们的青春里，
有一个足够认真的人，陪你走过了几年的光阴，
在彼此的生命里，没有谁被当成是一个过客。

有时候，听到一些人在一起三年、五年甚至更久，可到最后还是分手了。旁边的人总是不免感叹一句：真可惜。

几年的耐性和青春，都交付给了另一个人，手牵手，坐过了无数的地铁站，却终于在某一站，走向了各自的单行线。

可是，即便你们没有在一起，已足够让人羡慕。因为至少在很久以后再提起往事的时候，你们可以说，在你们的青春里，有一个足够认真的人，陪你走过了几年的光阴，在彼此的生命里，没有谁被当成是一个过客。

好几年都执着地陪着一个人，其实，大部分人都没有这个耐性，以年为刻度，去为一个人反复磨平自己的棱角，哪怕磨

破了自己的坚持，血肉模糊。很多人，有过的只是短暂如烟火的感情，分开之后他所不甘心的，或许只是在他的青春里，肯为一个人那么认真过，却仅仅被当成了一个转眼可忘的过客。

如今，有多少人，或是守着宁缺毋滥的信条，选择在青春的日子里，等那么一个远在未来、连样子都不确切的人，或是，经历着像流星一样短暂的感情，把身边的人换了又换。而感情里，真正最难的，莫过于耐性吧，那就是，愿意给彼此多一点时间，包容对方的一些小缺点，一起走过一段很长很远的路。当最初的激情褪去，又有多少人，会愿意给身边的人多一点时间？就像最开始一样。

不是每个人，都有机会经历一次多年的长情，亦不是每个人都有那种幸运，在你最年轻、最灿烂的年华里，有一个人，愿意牵着你的手，耐着性子，陪你走过一站又一站，哪怕，最终还是被时间打败了。

一个真正爱你的人，不只是能为你不顾一切，而是那个肯为你耗尽年华的人，是一个愿意陪你走很远的路的人，哪怕自己磨破了脚，也愿意陪你走下去的人。你们陪彼此走过了好几年的光阴，你们在最美的青春里，彼此拥有过，认真过，这已经足够让人羡慕，哪怕，你们没有在一起。

原来，还相信天长地久的那个年龄，已经在不知不觉中过去了。原来，自己会有这么一天，这么怀念起那个被自己狠狠浪费过的夏天。

原来，那个纠结不安的十七岁，那个寡淡寂寞的青春，居然是那么的就像是一个幻觉。原来，你最怀念的，不是那时跟你在一起的人，不是你付出了那么多都没能挽回的感情，而是那个不顾一切，天真的用力的去爱的自己。

直到你遇到了另外一个她，你们在一起了，你才明白两个人在一起不一定是因为感情，也可能仅仅是因为你需要人陪伴。听到曾经的曲，突然怀念起这部经典，你翻出来看，到最后竟然看到自己泪如雨下。

不要说，离开以后还会想念；不要说，分手以后还是朋友。错过一个人，那人也便与你无关。落花本来有意，流水也无情。彼此转身的那一秒开始，我的幸福，便与你无关。

我们都总有一件事，一辈子不会忘记，却一辈子不再提起；总有一段情，一生时不时想起，却一直铭记在遥远的脑海里。总有一个人，一世常常记起，却永远生活在孤寂的心底。

文 / 佚名

好的另一半，是让你成为自己，彼此熟悉，互相不必扮演某个谁，做自己就很般配。两个人在一起，就是为了彼此成为最棒的自己。

总有一天，你会遇到一个以你的方式爱你的人……

你之所以感到孤独，并不是没有人关心你，
而是你在乎的那个人没有关心你。

生命都是卑微的，但卑微也有自己的光芒。若是一朵随季枯萎的花朵，那就但留芬芳在人间；若是一只无人关注的小雀，那就但留清音在林间；若是一颗瞬间陨落的流星，那就但留光辉在天空；若是一粒无踪漂移的沙粒，那就但留痕迹在大地；若是一片风卷残云的枯叶，那就但留忧愁在路上。

相爱的人会在感情的曲折里一起成长，相爱的人不会因为一句分手而结束，更不会因为一个错误而真的做到一次不忠百次不容。一路下去爱越来越深，只会深深地相爱着，懂得对方的好，不会再分开。简单的不一定是最好的，但最好的一定是简单的。

会有这样一个你，温暖我的生命。路人熙熙攘攘，我总能一眼找到你。即便岁月悠远绵长，我会始终庆幸能邂逅你，感激在这个世界上，有这样的一个你。

我不敢说生生世世在一起，因为我没有把握。我只是想，在这辈子有限的时间里，每一天，我们都相爱。

游走在我们身边的人，也许都在等候一种领悟，等候适当的时光再遇，时间对了，你便会爱上他，幸好，你们今生还是遇上了。

你在哪座城市，哼着哪首情歌，你剪了怎样的发型，你坐上了几路夜班车，你是在喝着冰可乐还是热咖啡？

我不知道你在哪里，却坚定地相信你我终会遇到，陪我沉默看风景，陪我哼着情歌。你在哪里都好，只要你还在等着我。

关于爱情

关于爱情，每个人都有话说。
或温柔，或寂寞，或难过，或孤勇。
我说，爱是不后悔，是不遗忘，是花甲之年你想起我时，
嘴角还挂着的一抹笑。

郭敬明说，走曾经走过的路，唱曾经唱过的歌，爱曾经爱过的人，却再也提不起恨。

几米说，我喜欢四十五度地靠着你，不论在世界的任何角落，都要感到幸福，在即将九十度坠落前，请用一百八十度温柔地抱抱我。

苏小懒说，终究会有一天，你的手会挽着另一个人的手，而站在我身边的也不再是你。

落落说，不要轻易说一辈子，我也曾经说过一辈子，信过一辈子，可一辈子太长了，长得足够改变一个人，忘掉一个人，甚至，再爱上另一个人。

刘若英说，我以为我选择的是浪漫，我以为我选择的是一生，不是瞬间。他却说，有时，一瞬便是一生。

张爱玲说，我以为爱情可以填满人生的遗憾，然而，制造更多遗憾的，却偏偏是爱情。

唐扶摇说，或许世界上有那么一个人，当你遇到他的时候，你的心就会变得炙热无比，你就会觉得为了他，你可以放弃很多很多曾经的坚持，不顾一切。

关于爱情，每个人都有话说。或温柔，或寂寞，或难过，或孤勇。我说，爱是包容，是攀击，是拥抱，是荷尔蒙相撞；爱是忍让，是付出，是坚持，是让你记住我；爱是泪水，是疼痛，是伤害，是打不走骂不散；爱是不后悔，是不遗忘，是花甲之年你想起我时，嘴角还挂着的那一抹微笑。

文 / 佚名

第　三　辑　·　等

你不来，我怎舍得老

爱一个人就是卑微到尘埃里，然后在那里开出一朵花。

相信人生总会有这样一份爱情，给我温暖，与我终老。

这个人不一定是最好的，但一定是最懂我的。

“死生契阔，与子成说。执子之手，与子偕老。”

能陪你到最后的，才是最好的爱情。

岁月有的是时间，让你遇见更好的人

时间能做的，
并不只是单单的让你忘记一个人，或者一些事。
时间也可以证明，
证明你的成长，证明你所有的孤独是为了破茧成蝶，
证明你花费了力气与青春的等待并没有白费。

一个人的生活里，总会羡慕别人的爱情。时间久了，就慢慢告诉自己，其实，不必羡慕别人的爱情，我也可以轰轰烈烈，只是上辈子欠了岁月一个人情，岁月要让我多等待，磨练我的心性。我知道，好事多磨。越是迟来的幸福，越能让我知道等待与珍惜的来之不易。

岁月就是这样，总是把最好的留在后面。

最好的安排，是时间给予的，自己掌握的。时间会替你摆平生命中的负能量，也会带走你放不下的一切。你要不急不躁耐心地等。

在这个世界上，最英勇的事情不是奋不顾身的勇往直前，

而是走一段路程后，观看一段风景，学会与自己对话，用自己觉得温柔的方式，照顾好内心。

在生活中，你想找一件物品时，翻边了家中所有地方都找不着。而当缘分足够时，自给自足时，你曾经翻箱倒柜寻找的那件物品，却不经意间反复地出现在你的面前。

爱情也是如此，往往你越是渴望拥有的时候，越是遇不到对的人。即使贪图温存在一起，也是爱得两败俱伤，头破血流。而顺其自然的爱情，最好。不必伤心，不必费力，缘聚则爱，缘灭则离，彼此温柔地说再见，分开以后也还能做朋友。

最难过的爱情是，突然有一天，你曾经撕心裂肺爱着的人突然爱你了，可是你却对爱情麻木了。幸好，我还等得起，在还未向岁月认输之前。

这世上一切孤独的等待我都等得起，因为我相信，在未来的某个日子，你会摘一朵我最爱的栀子花，穿着我最喜爱的格子衬衫、干净的帆布鞋，笑眯眯地递给我，然后温柔地说："不好意思，让你久等了。以后的日子里，我陪你走过春夏秋冬，陪你花好月圆，陪你细水长流。"

时间能做的，并不只是单单的让你忘记一个人，或者一些事。时间也可以证明，证明你的成长，证明你所有的孤独是为了破茧成蝶，证明你花费了力气与青春的等待并没有白费。

单身的人就像一只蝴蝶，破茧成蝶前，总要经历一段孤独不安的时光。你只有在一个人的时光里，让自己变得足够优秀，才有资格来说单身的骄傲，边等边找。

不要再沉湎于往事了，因为你拥有的只是当下，以及明天。昨天都成为了奢侈的怀念，你还耿耿于怀有何用呢。

一个朋友曾经说，这世间不被接受的人和事太多太多，我管不了别人对我的看法，但我能做的就是活得比别人更潇洒坦荡。人生是活给自己看的，管他是掌声还是嘲笑声，自己的笑声才是最有力量的。

生活不是为了活得让周围的人对自己满意，生活的剧本由自己撰写，自己既是人生的导演，也是演员，平平淡淡并不代表庸碌无为，轰轰烈烈也不代表惊天动地。

活在自己所处的年纪，才最重要，最当紧。

总有一些美好，是辛苦等待换来的。所以，你要相信，属于你的总会到来，只是你需要安静、耐心地等，在等待中，试着让自己变得更丰盛，更强大。

你要记得，成功的人并不是像兔子，会不停歇地奔跑，而等待，是为了更美好、更值得的遇见，为了有更多的机会，选择一个正确的人。

我们每个人都会遇见陪自己走过一生的人，不必因寂寞而谈一场无所谓的恋爱。

亲爱的，你一定要相信，在还未老到无能为力之前，你永远都等得起一份对的感情。

亲爱的，你不必害怕，岁月有的是时间，让你遇见更好的人。

文 / 沈善书

致我未来的爱人

我希望，当我们 70 岁时，我们仍然为彼此点上蜡烛，
你像当年一样，握着我不再柔润的双手，深情地对我说：
“感谢上苍，赐给我一个世界上最美丽、最可爱，
只是没有了牙齿的老太婆。”

我希望，你能给我一个难忘的求婚，不需要它有多么奢华，只要它让我在想起时，觉得自己的成长是完整而甜蜜的。

娶我，做我的丈夫，我不需要你有多么高大和英俊，只要你能完全爱我、信我、懂我，有一个能包容我的小任性、小娇气的宽广胸怀。

你要对我负责，有一个健康的身体，因为它承担着家庭的责任，请不要轻易地用酒精、尼古丁、过度的劳累、透支的睡眠去伤害它。

假如我们很穷，我只要你有一颗进取的心，我愿意尽我微薄的力量去改善我们的生活，和你一起面对贫困、失败、挫

折、疾病……但是，请你一定，一定要保持积极乐观的心态，永远不要放弃对生活的热爱与追求。

我不需要你挣很多很多的钱，但我希望，你能推开一切不必要的应酬，陪我做点小家务，学会帮孩子换尿布，给他讲大灰狼的故事，陪我们看卡通电影……当孩子长大时，你就会明白，这些琐碎是多么温馨而珍贵。

我希望，不管我知不知道，你能经常问候我的父母，让他们知道你的关心，他们会感觉到能把女儿嫁给你，是一件多么幸运和开心的事。而我也会发自内心地心疼你的父母，虽然我有点笨手笨脚，但我会尽力把他们的儿子照顾好。

如果你在外面遇到了让你不开心的事，请不要一个人抽闷烟，喝闷酒。我是你的妻子，我要和你一起承担。请向我发牢骚，让我抱着你睡。当然，你的开心也请和我一起分享，让我为你欢呼和庆祝。

我想，我会偶尔健忘、任性，会偶尔偷懒不爱洗碗，不想收拾房间，请你不要发脾气，因为，那只是偶尔，只要你宠爱地拍拍我的头，说我小笨蛋、小懒虫，然后假装帮我去收拾，我会很幸福，然后乐滋滋地去把一切做好。

我们会有各自的朋友圈，朋友的作用有时是爱人代替不了的。我希望我们能尊重对方的朋友，彼此充分信任。当我的朋友需要安慰时，麻烦你照顾家里，让我去为她们尽一份心。而你的朋友需要你帮忙，晚上可能很晚才回家时，请你给我打个电话报平安，家里的灯不会关，门更不会反锁。

我知道，我一定不是世上最美丽最聪慧的女子，我有许许多多的缺点，但我会尽量地提升和完善自己，让自己健康、自信、漂亮、贤惠，让你的朋友提起我时，都会说，“你的太太挺不错的。”而我也希望别人向我提起你时会说，“你先生挺能干的，看得出来，他很疼你。”

我也知道，婚姻生活一定会是平淡的，所以我希望，我们都能以乐观、平静、感恩的心，去度过甚至是享受这种平淡，在柴米油盐和做不完的琐事中寻找乐趣。

我向你保证，我绝对忠诚于你，忠诚于我们的婚姻和家庭，当然，我希望你也一样。但是，爱情这件事，从来都是无法预见的。若是有一天，你不爱我了，你真的厌倦了，你遇见让你更为倾心的女人，并且确定了你要与她相守到老，我应该一定会吃醋、生气、伤心甚至吵闹，那是因为我舍不得你。

我是那样依恋你的怀抱，固执地认为我双眸中的温暖胜过任何浪漫，可是，我没有任何权利要求你也这么认为。所以，我想我会优雅地转身，让你幸福，让我自由。

我希望，当我们70岁时，我们仍然为彼此点上蜡烛，你像当年一样，握着我不再柔润的双手，深情地对我说：“感谢上苍，赐给我一个世界上最美丽、最可爱，只是没有了牙齿的老太婆。”

而我也如当年一般调皮，轻轻捏着你满是皱纹的脸说：

“感谢老天爷，让我捡到一个本世纪最英俊、最聪明，只是驼了背的老头子……”

记得，我爱你。

文/清晨

会有这样一个你，温暖我的生命

会有这样一个你，温暖我的生命。
路人熙熙攘攘，我总能一眼找到你。
即便岁月悠远绵长，我会始终庆幸能邂逅你，
感激在这个世界上，有这样的一个你。

走过的路长了，遇见的人多了，经历的事杂了，慢慢开始觉得，遇见一个温暖的人，其实是不容易的。

有人曾说，从出生，世界上就注定有一个人是躺在你的灵魂里的，在遇见之前，你们对彼此一无所知，只是知道会有这么一个人，心里脑海都是那模糊的身影。遇见了，哪怕遥远的一眼也如几世的旧相识，过往种种堪堪只是一场铺垫。

对此，我深信不疑。

会有这样一个你，温暖我的生命。在春暖花开的季节，回到属于单车的年纪，爱恋像春雨后的野草一般，悉数苏醒。

会有这样一个你，温暖我的生命。陪我走过清晨、黄昏、

天晴、下雨……欣赏哪怕是荒凉的风景，驱赶我沉浸多年的孤单。让我不再觉得，即便置身于熙攘的人群，站立阳光灼烧的地方，却仿佛置身幽暗潮湿的深渊，仿佛世间的一切热闹纷扰皆与我无关。

会有这样一个你，温暖我的生命。在静谧的夜，细数指尖流过的岁月，轻抚那些没有你出现的回忆，镌刻属于我们的情节。

会有这样一个你，温暖我的生命。不深问我的过往，爱我的倔强，爱我的执着，爱我的疯狂。搭上青春的末班车，与我谈一场不会告别的恋爱。

会有这样一个你，温暖我的生命。我们会互相呵护，互相取暖，如花开花落般淡抹平然，相悦相知。一眼，便懂，便是万年。

会有这样一个你，温暖我的生命。闲暇时，张开双臂一个拥抱，倾听一首歌曲，写几行文字，似乎一生的光阴就如此温暖地流过。

会有这样一个你，温暖我的生命。用镌刻几生的烟火，灿烂我们的故事。不华丽，却绽放了；不浪漫，也深情了。低头细语，有你，真好……

会有这样一个你，温暖我的生命。如我一般，喜欢文字、音乐、篮球，淡化眉目间的忧伤，把欢乐融进你我的生命，成为一道永恒的阳光。

会有这样一个你，温暖我的生命。你会等我在午后，等我在傍晚，等我在季节末，等我在岁月末……见面也无须过多言语，携手便是前行。

会有这样一个你，温暖我的生命。我们告别各自的往事，走入彼此生命的风景。悠然一笑间，用上扬的嘴角，填补了幸福的空白。

会有这样一个你，温暖我的生命。陪我无数次千山万水地旅行，像那些年一个人时一样，说走就走，想到哪儿就去哪儿。追梦也好，肆意也罢。

会有这样一个你，温暖我的生命。你开心时，我会一起放声欢笑，你不开心时，我的心思亦会尽是阴霾。

会有这样一个你，温暖我的生命。不计较我许多的坏习惯，包容我许多的小毛病，陪我成长，陪我变老，当然，也会看着我慢慢戒掉。

会有这样一个你，温暖我的生命。陪我行走闹市，细心买回我们喜欢的菜肴，烹饪无数可口的美食，你会说，那是犒劳。

会有这样一个你，温暖我的生命。常常坐在午后洒满阳光的小院，畅想几年、几十年之后的我们，然后再一步步地走向我们期待的那个明天，在心底沉淀成甜蜜的诗。

会有这样一个你，温暖我的生命。路人熙熙攘攘，我总能一眼找到你。即便岁月悠远绵长，我始终庆幸能邂逅你，感激在这个世界上，有这样的一个你。

会有这样一个你，温暖我的生命。给我一份等待许久的浪漫的爱，也成全我等待更久的那个温馨的家。

一路成长，一路荒凉。经历世事无常，沉浮辗转后，真正会有一个你，温暖我的生命，对吗？

文 / 岁末微凉

愿有人和你并肩同行

如果你现在还是孤身一人，
不要为了所谓的“安全感”而匆忙地投向下一个人的怀抱。
安全感从来都是自己给自己的，只有给足自己安全感的人，
才能遇到一个你不需要取悦的人，
才能遇到和你同频率的人。

两个人在一起最重要的一点，就是一定要有话说。

很久以前，我觉得这是一个很容易达到的标准，后来发现，这几乎是世上最难的标准，甚至远高于物质的硬性条件。两个人在一起说话，说废话不会腻，不说话不尴尬，太难。

这世上，没有谁从一开始就和你是同一频率的。尤其是，如果你选择一个在年龄等方面和你有着一定差距的人，那就意味着，如果你想要和他走很远，你就必须尽快跟上他的节奏，使得两个人能在精神层面也有很好的交流。

所以，两个人之中，势必有一方要停下来拉后面的人一把，或者落在后面的人要努力一些，尽量跟上前者的步调。

在这方面，有的人足够努力，只是对方已经走得太远，已经没有办法停下来。即便你用跑的，最后累了，只能放手。

但是，如果你要选择一个决心一起奋斗的人，请照顾到彼此的感受。

这世上最好的感受就是两个人一起从无到有的创造，可这条路千辛万苦，如果你决心走这条路，就得拿起相应的觉悟来，男人少玩些游戏，女人少一些虚荣。

可以找到和你一起奋斗的人是一种幸运，是一种最大的幸运。以前，我总对“门当户对”的说法嗤之以鼻，现在才明白，所谓的“门当户对”不一定是指物质上的，而是指两个人有着相似的成长经历，相似的人生观和价值观，能为了相似的目标而并肩同行。能聊得来真的太重要，说话总是要解释半天，或者根本说不到一起去，那多烦心。

所以，请一定要珍惜愿意等你的人，也一定要努力跟上他的脚步，因为这世上没有人有义务去等你，也没有谁会为你耗在原地一等再等。或者，请一定要保持住现在的状态，同舟共济、同甘共苦，保持必要的关心，为了相似的目标继续并肩而行。

如果你现在还是孤身一人，不要为了所谓的“安全感”而匆忙地投向下一个人的怀抱。安全感从来都是自己给自己的，只有给足自己安全感的人，才能遇到一个你不需要取悦的人，才能遇到和你同频率的人。

愿你和身边的人说话不用解释半天，愿你身旁有人愿意和你并肩同行。

文 / 卢思浩

今生注定遇到的三个人

如果你是个足够幸运的男人，
你首先有机会遇到你梦中的那朵白莲花，
然后让她变成红玫瑰，最后再演变成一朵康乃馨。

张爱玲曾说过一句非常精辟的话：每个男人的心里都有两朵玫瑰，一朵红玫瑰，一朵白玫瑰。

其实，对于一个男人而言，或许，他今生会先后遇到三个女人。

一个是白莲花，那是男孩儿的初恋，冰清玉洁，美丽如梦，只可远观而不可亵玩焉。对很多男人来说，那都是一朵在青春青涩的梦里一再摇曳的遥不可及的白莲。

一个是红玫瑰。那是男人的热恋，火红、热烈、震憾，不但可以紧拥入怀，还可以尽情亲吻。男孩儿经过红玫瑰的洗涤，变成了一个男人。红玫瑰对成熟的男人来讲，是爱不释手的酒。

一个是康乃馨。那是男人的妻子。温馨淡雅，温情脉脉。她是男人奋斗的动力，是男人心灵的依靠，是男人回归的港湾。她是男人的第二个母亲。男人的天性都是儿童。而康乃馨会含笑纵容他的顽皮，并耐心等待他在玩累时回家。

于是，男人一生的成长中，他会暗恋一朵白莲，他会热恋一朵红玫瑰，但是他会选择一支康乃馨来共度人生。

白莲是不适合共同生活的，因为她是如此超凡脱俗，不食人间烟火。

红玫瑰能激起男人的征服欲，但是要与一个真正热情如火的红玫瑰生活，很多男人并没有这样的信心。因为他会担心要么引火烧身，要么殃及池鱼。

而很多男人最终需要的，还是一个如康乃馨般温情、宽容的妻子。

但是，如果你是个足够幸运的男人，你首先有机会遇到你梦中的那朵白莲花，然后让她变成红玫瑰，最后再演变成一朵康乃馨。

文 / 佚名

写给那个愿陪我一生的男人

我不敢说生生世世在一起，因为我没有把握。
我只是想，在这辈子有限的时间里，每一天，我们都相爱。

既然我的选择是你，就决定这辈子都和你在一起。无论你的贫穷、富贵、英俊与平凡，我看重的只是你的人格和对人生的负责任。

我并不在意你现在一无所有，我可以跟你过平庸日子，只要你足够爱我，因为我始终相信，灵魂的深爱可以抵挡一切的诱惑和难题。

我不怕长途跋涉，因为我要见你。你在哪里，家就在哪里。如果你决定闯荡世界，风里雨里，我陪着你。

我们尽量不吵架，虽然我还没见过没吵过架的恋人，但是我尽量。

虽然我有时会任性，但我不会蛮不讲理，就算我们吵架了，答应我，谁都不要轻易开口说出“分手”两字，你要明白，即便口是心非，即便说离开只是想被挽留和被在乎，但是，有些话一旦说出了，就收不回了……

我不在意从前的你曾经爱过多少人，曾经做过什么，我不会过多打探和纠结于你的过去，因为我喜欢的是现在的你，欣赏的是你现在的智慧。过去的就让它过去吧，我只要你在选择了我以后的日子里，好好爱我，这就足够了。

我知道，外面漂亮的女生有很多，但是，既然你已经选择了我，就请你相信，你所选择的女人并不是个没有头脑的笨蛋。所以，永远不要存心说谎骗我。

我讨厌骗我的人，所以，如果有一天你喜欢上了别的女生，不要瞒骗我，我想你会选择她，肯定也是因为她比我更适合你。所以，就算那时我会心痛到要死掉，我想，我也不会选择死缠烂打，我会离开，祝你幸福……

但是，如果你执意骗我，那么，就索性骗我一辈子，直到我生命的最后一天，都让我觉得我是你唯一爱的人。

我不是圣人，只是凡夫俗子中的一个，我并不故作清高，所以，我也会希望你将来有一天事业有成，希望我们可以过上富足安乐的生活。但是就算不能实现，我依然很爱你，只是你要答应我，你永远不会放弃向最好的方向去努力。

我希望你能够挣钱养家，但是，即便将来变得富有，也请你不要要求我放弃属于自己的工作和事业，哪怕它只是小小的一个职位。当然，我会永远把家庭和照顾你、照顾孩子的责任放在第一位。

我们必须学会沟通，我们需要共同学习，共同成长，累积共同的语言，累积共同的爱好……在未来，我们会成为好伙伴、好朋友、好伴侣。

有时候，我们都难免会做错事、说错话，所以，我们都要试着多担待，多包容，因为那并不是出于我们的本意。

如果可以，时间也允许，我希望你能在家吃早饭，回家吃晚饭，因为我害怕孤孤单单一个人，害怕那种没有家庭气氛的感觉。如果不回家，不管多晚、不管多远、无论多忙，请抽出时间告诉我，让我安心。不然，我会担心，我会胡思乱想。同样，我也会这样去做。

请你尊重与孝敬我的亲人，就像我也会去尊重和孝敬你的亲人一样；也请尊重我的朋友，就像我同样尊重你的朋友一样。

请你不要吝啬对我说“我爱你”、“你是我心里最深的牵挂”之类的话，因为这些话女生听多少遍都听不够。但请你说的时候是真诚的，而非敷衍。

我不敢说生生世世在一起，因为我没有把握。我只是想，在这辈子有限的时间里，每一天，我们都很相爱。

世上的每个人都是独一无二，无人可替代的，今生能在一起，全靠一个来之不易的“缘”字。所以，珍惜前世修来的这份缘。

我希望，50 年之后，陪在我身边的那个老头子还是你，而你也依然愿意将我揽在怀里，不嫌弃。

文 / 佚名

你迟到了许多年

如果有一天，
当我真的遇见一个这样的你，我一定会忍不住问起：
“你究竟去了哪里？为什么迟到了这么多年……”

在这个世界上最幸福的事，就是当你拥抱一个人的时候，他竟然把你抱得更紧。为什么我还没有遇见这样一个人？

我们可以一起窝在沙发上，我陪你看足球，你陪我看韩剧；你会原谅我偶尔的任性，而不会认为我是在无理取闹；你也能明白我的悲伤是缺乏安全感，你把我的女汉子行为当成率真。

你不会以为我很坚强，坚强得可以不需要任何依靠。当我躲在角落里的时候，你会将我轻轻搂进你的怀里。我安静的时候，你就一直陪着我，我可以靠在你的肩膀，没有语言，只是一个眼神就可以体会。

你会在我嘴里说“我很好”，却下一秒就想大哭的时候，轻柔地摸摸我的头；你会给我归属感，让我觉得温暖；你会宠着我，让我无法无天；你会守着我，说："即使天塌下来我还在。"

你会陪着我，直到世界的终结。不管发生什么事情，你都不会放弃我。

你不会说"我爱你"，但你会说："这世上只有一个你。"

如果有一天，当我真的遇见一个这样的你，我一定会忍不住问起："你究竟去了哪里？为什么迟到了这么多年……"

文 / 佚名

等候适当的时光再遇

游走在我们身边的人，也许都在等候一种领悟，
等候适当的时光再遇，时间对了，你便会爱上他。
幸好，你们今生还是遇上了。

有时候，买了一本书或者一张唱片回家，唱片听过一次之后，不怎么喜欢，于是将它长久地放在抽屉里。那本书，翻过几页之后，就一直放在一旁。

过了很久，你在书架上偶然发现这本书，看了之后，竟有相逢恨晚的感觉，这么好的书，为何你忘记了它的存在？

然后，某年某天，你打开抽屉，无意中看到那张只听过一次的唱片，你再次把它播放出来，那动人的旋律和歌词竟使你震撼，原来你错过了这么好的歌。那时为什么会不喜欢呢？

每个人，总会有一两本忘记了的书或一两张没印象的唱片，时光流逝，偶然再会，才懊悔自己错过了一本好书，遗忘

了一首好歌。

也许，那不是遗忘，而是时间不对。第一次听那张唱片的时候，它不能触动你的心灵，是因为那时的心境不同。那本书无法让你惊艳，只因为当时你还没有那种领悟。

游走在我们身边的人，也许都在等候一种领悟，等候适当的时光再遇，时间对了，你便会爱上他。

幸好，你们今生还是遇上了。

文 / 张小娴

若是在乎，请给彼此一个可能

爱你的人，对你的要求很少，可以在很想你的时候看看你，
可以在寂寞的时候和你说句话，这就是她所有的幸福。

有时候，人总是在失去时才后知后觉。一些人，一些事，以为只是生命中一抹浮云，以为可以从此相忘于江湖，却在别离之际发现，那些过往原来早已扎根在心底，拿不掉，抹不去。

眷恋的人，给不了你承诺，于是你终于明白，幸福是一件多么可遇不可求的事情。

有一个人，教会你如何去爱了，但是，他却不爱你了；有一个人，你一直在等他，他却忘记了你；有一个人，他想离开了，你却没有丝毫挽留。

因为你渐渐明白，挽留是没有用的，你能给的，只有自由。你以为，只要走得很潇洒，就不会有太多的痛苦，就不会

有留恋。可是，为什么在喧闹的人群中会突然沉默下来？为什么听歌听到一半会突然哽咽不止？你不知道自己在期待什么，不知道自己在坚持什么，脑海里挥之不去的，都是过往的倒影。

爱你的人，对你的要求很少，可以在很想你的时候看看你，可以在寂寞的时候和你说句话，这就是她所有的幸福。

如果因为执念而做出仓促的决定，可以离开，但请不要走远，不要急着为彼此定性，不要急着分清界限，回头看看，她是否还在。

善待爱你的那个人，那个不希望你困扰，所以强颜欢笑、骗你说释怀了的人，那个默默关注你，从不曾离开的人。如果你还彷徨着，如果你还抑制不住地想着她，如果你还在意她的一颦一簇，不妨给她一个可能，也给自己一个可能。

在爱情里，如果两人都很被动，一段美好的姻缘不免在时间的摧残下消磨殆尽，并不是两个人不适合，而是双方都习惯于等待，等待对方先主动，没有耐心的人于是选择离开，最后徒留遗憾。

所以，爱是有来生的，就像不灭的火种，只需加点干柴，它依旧能发出夺目的火光。

几米说，当你喜欢我的时候，我不喜欢你；当你爱上我的时候，我喜欢上你；当你离开我的时候，我却爱上你。是你走得太快，还是我跟不上你的脚步？我们错过了诺亚方舟，错过了泰坦尼克号，错过了一切惊险与不惊险，我们还要继续错过。

但是，请允许我说这样自私的话，多年后，你若未娶，我若未嫁，那，我们能不能在一起？

文/佚名

相逢是一首歌

人生会有无数次的相逢，有的知心，有的擦肩，有的停留，
但不管哪一种，都要给内心一份平和，
只为初见倾情，不为缘散低落。

说起相逢两个字，总是觉得很温暖。

遇见都是美丽的，人生在一次次相逢中成长、相知、变暖。如果说相逢是一首歌，那么这首歌一定唱得绵长而温婉。也许相逢并不局限于眼前会浮现多少温馨画面，而是一些入目而感动于心的场景，都是一种相识的感言。

行走于阡陌红尘，免不了别离聚散，而一段铭心的相遇，总会给生命带来一次久违的惊艳。当历经了那些沧桑的往事，那些入骨入心的故事，喜极而泣的再次相逢，又何尝不是一种泪洒眸光的初遇，触动人心。

相逢是一首歌。

有一种相逢，不经意间已经身心投入，动心动情，一眼相逢，便牵念一生。两心若能相通，引起共鸣，定是一场美丽的相逢。

有一种相逢，只一瞬间已倾心。即使擦肩而过，再无交集，也许没有留下任何的痕迹，但总有一份暖润存在心底。如风一般追随着四季的流转，痴心依然，情怀依然。

生命中会有许多的遇见，甚至不知道彼此的姓名，却能留下一份默默的感动，美丽的遇见使彼此不再陌生，在无欲无求中达到暖心的共鸣。生命的真诚就是留守了太多感动，在沧海桑田的阶梯上刻写了岁月的丰盈。

也许，相逢是不经意的路过，不需要修饰，不需要做作。直到某年某月的某一天，遇到了一个人，能够达到彼此倾心，他懂得你的心思，而你也懂得他的孤独与忧伤，心心相惜，抛开华丽背后的伪装，用两颗透明的心把彼此照亮。其实，不需要你为我做多少浪漫的事，只愿彼此携手漫长的日子，你心有我，我心念你，足矣。

相逢是一首歌，奏响了山高水长的乐章。携手的日子，那些熟悉的街道，花圃绿茵都遍布着浪漫的足迹。那些一起疯过闹过的身影，依然荏苒在心底。

相逢也许就面着离别，但那些经历了岁月雕琢的画布，依然印染着不离不弃。

有时候我们的想法很单纯，缘来并不在意，缘去又充满无奈和惋惜。其实一份相遇的缘分，不需要刻意的去强求什么，只要达到一个彼此的共鸣，能够给变迁的风尘一个暖心的慰藉，缘来惜缘，缘去随缘，彼此安好就是最大的心愿。

相逢即是缘。

生命中没有圆满，面对别离聚散，一份牵念，依然令人为之动容。相逢给予我们更多的是感动。有一种相逢不是面对面，但依然荡起心灵的涟漪。

一份知心，融入了灵犀的惦念，心与心的交融，心与心的相逢，心灵相通的互懂，青葱了岁月的面容。

人生会有无数次的相逢，有的知心，有的擦肩，有的停留，但不管哪一种，都要给内心一份平和，只为初见倾情，不为缘散低落。

文/一生一世

第 四 辑 · 惜

这一站，幸福

我爱你，不光因为你的样子，还因为，和你在一起时，我的样子；

我爱你，不光因为你为我而做的事，还因为，为了你，我能做成的事。

我爱你，因为你能唤出我最真的那部分；

我爱你，因为你穿越我心灵的旷野，如同阳光穿透水晶般容易。

爱，是一生的修行

爱的修行，
是用一生的时间去践行一件事，一个关于爱情的信言，
用一生的芳华，去守护爱情花开的温婉，
用一世柔情，铺成通往爱情天国的梦之阶梯。

爱，是一生的修行。

看到这句话的时候，想起那首禅诗，“那一日，垒起玛尼堆，不为修德，只为投下心湖的石子；那一夜，我听了一宿梵唱，不为参悟，只为寻你的一丝气息；那一月，我摇动所有的经筒，不为超度，只为触摸你的指尖……”

“那一年，磕长头匍匐在山路，不为觐见，只为贴着你的温暖；那一世，转山转水转佛塔，不为修来生，只为途中与你相见；那一瞬，我飞升成仙，不为长生，只为佑你平安喜乐……”

至此处，才明白那句“情到深处无忧怨，爱到忘忧近佛心”。

爱到一定的程度，才会有高度。爱之天梯，羽化飞仙，不为长生，只为佑你平安喜乐。

一个达赖喇嘛的诗句，却让我深深地记住了他，并由衷地喜欢上他，不为朝拜，只为与他碾一抹檀香，诵一段梵经，掌一盏古灯。

爱是一种修行，一种心灵之旅的修行。

年轻的时候，我们爱一个人，首先看到的一个的容貌，一个花容月貌的女子是最容易引起我们怦然心动的。

后来，我们爱一个人，是她的内外兼备，端庄淑丽的女子也会让我们心情舒畅。

再到后来，我们爱一个人，是她的品德，一个贤良温情的女子是我们驻足的港湾。

再到后来，爱是一种日积月累的习惯，当爱已成习惯，一切都会顺其自然。

其实，纵观整个过程，就是一次爱的心之旅行，爱的一生修行。

爱的修行，要心无杂物、无怨无悔。修行是一件很艰苦的事情，就如同爱一个人好难，要吃得了茶米油盐的人间烟火，还要禁得住风轻云淡的日常琐碎、春秋轮回。

爱的修行，从为对方考虑开始。

说起这句话的时候，或许，总会有很多人都觉得很平淡，老生常谈，然而真正能做到的能有几人？古往今来，爱情的花朵开的灿烂，结成的果实几颗？

爱的修行，是用一生的时间去践行一件事，一个关于爱情的信言，用一生的芳华，去守护爱情花开的温婉，用一世柔情，铺成通往爱情天国的梦之阶梯。

像麦田里的守望者那般执着，像夸父逐日般热烈，像春蚕吐丝般无悔。

爱，是一世的花开，是一生的修行。

文 / 慕容凌云

细水流年，与君同

生命中，总有些人，安然而来，静静守候，不离不弃；
也有些人，浓烈如酒，疯狂似醉，
却是醒来无处觅，来去都如风，梦过无痕。
红尘芸芸，总会有人愿意，为我们卑微到尘埃里，
那是我们一生的眷属。

记得有这样一段话：时光静好，与君语；细水流年，与君同；繁华落尽，与君老。

这世上，总有一些东西，不死，不老。

叶芝的诗里这样写道：“当你老了，头发白了，睡思昏沉，炉火旁打盹，请取下这部诗歌。慢慢读，回想你过去眼神的柔和，回想它们昔日浓重的阴影，多少人爱你青春欢畅的时辰，爱慕你的美丽，假意和真心。只有一个人，爱你朝圣者的灵魂，爱你衰老了的脸上痛苦的皱纹……”

纵使人会老，但最诚挚的爱不会老去。我时常在想，如果变老，我们是不是依然还会有当初那样的美好，是不是还能坦

然地微笑。

张爱玲说："喜欢一个人，会卑微到尘埃里，然后开出花来。"

生命中，总有些人，安然而来，静静守候，不离不弃；也有些人，浓烈如酒，疯狂似醉，却是醒来无处觅，来去都如风，梦过无痕。红尘芸芸，总会有人愿意，为我们卑微到尘埃里，那是我们一生的眷属。

窗外，一大片阳光透明绽放，暖暖的，从蓝色的窗帘中透进来。风轻柔的吹过脸颊，散落一地的时候，透着淡淡的安静。静静的倚靠着窗轩，望着天边飘浮的柔软白云，天空依旧是打磨过的透蓝，生活依旧美好如初。

这样的时光里，心里是分外的幸福，能够呼吸着这新鲜的空气，能够欣赏这清爽的景致，能够写下属于我们 的文字，真好。

一直想做个安静的人，在最深的红尘里守着某些东西，守住最初的萌动和欣喜。我知道，时光会让我们记得那些始终如一，那些年华的静好，某些东西，深藏在心中，永远不会老去。

文 / 佚名

没有一个爱人是完美的，也没有一份感情是毫无瑕疵的。爱情与爱人，只能是真真切切的。你不是最好的，但是，我只爱你。

在时光深处，寻一片幽静的地方，和所爱的人细数柴米油盐的幸福，放下该放下的，珍惜所拥有的，一起经历人生的风风雨雨，手牵着手过最平淡的日子，拥一室清香入怀，即便老去又何妨？

爱的修行，是用一生的时间去践行一件事，一个关于爱情的信言，用一生的芳华，去守护爱情花开的温婉，用一世柔情，铺成通往爱情天国的梦之阶梯。

爱，是两棵树的独立，相互注视和映衬，却各成风景；爱，是两簇花的爱慕，欣赏对方的美丽，无妨自由的呼吸；爱，是两颗星的遥望，千万年的等待，但从未感到分离。

生命中，总有些人，安然而来，静静守候，不离不弃；也有些人，浓烈如酒，疯狂似醉，却是醒来无处觅，来去都如风，梦过无痕。红尘芸芸，总会有人愿意，为我们卑微到尘埃里，那是我们一生的眷属。

最好的爱情是两个人彼此做个伴。不要束缚，不要缠绕，不要占有，不要渴望从对方身上挖掘到意义，那是注定要落空的东西。

希望我有足够的幸运，能一直留在你身边。让你牵着我的手，从心动到古稀，即便年华老去，我依然爱你。这，就是我生命中最美丽的期许。

生命中总有那么一个人，经得起光阴的濯洗，会慢慢走近你，时光多姿多彩，他却不言不语，默默地陪伴着你的烟火。

有一天，我们可不可以如此幸福

若是有一天，
我们可以如此幸福，我愿意把你的幸福当做我的幸福，
我愿意在你难过流泪时，将你轻轻抱在怀里，
告诉你无论如何，我会一直陪在你身边。

有一天，我们可不可以如此幸福——一起去想去的地方看美丽风景，一起吃想吃的小吃再细细回味，在每一处留下我们的足迹与回忆。

有一天，我们可不可以如此幸福——去爬从前说过要一起去的山，彼此依偎看天际明亮的星，对着流星许下相依相守的诺言。

有一天，我们可不可以如此幸福——买一所不大不小的房子，一起设计一起装饰，一起置办家里所有的东西，把温馨渗透在点点滴滴之中。

有一天，我们可不可以如此幸福——晚上有你温暖的怀

抱，偶尔像小孩子一样吵着要你唱歌，然后你无奈却宠溺地摸摸我的头，让我听着你的声音入眠。

有一天，我们可不可以如此幸福——我偶尔无理取闹，你总是宽容体谅，有时候拌嘴冷战，最后一起妥协。

有一天，我们可不可以如此幸福——在对方忙碌的时候，适时地退到一旁，不去打扰，默默想念，必要时端一杯热茶，安静地等待对方忙完。

有一天，我们可不可以如此幸福——在我晚归的时候，昏黄的灯光下总有你的身影，默默地走过去轻轻地、自然地牵起对方的手，然后一起回到属于我们的家。

有一天，我们可不可以如此幸福——一起去逛街买衣服，有你为我搭配，有我为你挑选，再冷的冬天也有彼此的心相互温暖。

有一天，我们可不可以如此幸福——彼此明白对方不是最好的，知道对方的种种缺点，却依然执着地爱着，依然愿意为了对方踏入“围城”。

有一天，我们可不可以如此幸福——不计较对方的付出与自己的所得，只在乎对方是否幸福是否快乐，当相爱慢慢变成一种习惯，平平淡淡也一样刻骨铭心。

若是有一天，我们可以如此幸福，我愿意把你的幸福当做我的幸福，我愿意在你难过流泪时，将你轻轻抱在怀里，告诉你无论如何，我会一直陪在你身边。

若是有一天，我们可以如此幸福，我愿意在日历上记下每一个值得纪念的日子，我们一起追忆那些往事，将甜蜜和美好永远记在心里。

若是有一天，我们可以如此幸福，我愿意守候你一生一世，执子之手，与子偕老，永远不离不弃。

文 / 佚名

但是，你没有

有许多的事你都没有做，而你容忍我、钟爱我、保护我，
有许多许多的事情我要回报你，等你从越南战场上归来，
但是，你没有。

我记得，那天，我借用你的新车，我弄坏了它，我以为你一定会杀了我，但是，你没有；

我记得，那天，我拖你去海滩，而它真如你所说的下雨了，我以为你会说“看吧，我早就告诉过你”，但是，你没有。

我记得，那天，我和别的男人搭讪好让你嫉妒，而你真的嫉妒了，我以为你一定会离开我，但是，你没有；

我记得，那天，我在你新买的地毯上吐了满地的草莓饼，我以为你一定会厌恶我，但是，你没有；

我还记得，有一次，我忘记告诉你那个舞会是穿礼服的，而只穿了牛仔裤的你大出洋相，我以为你必然要放弃我了，但

是，你没有。

是的，有许多的事你都没有做，而你容忍我、钟爱我、保护我。有许多许多的事情我要回报你，等你从越南战场上归来，但是，你没有……

文／佚名

若爱，请深爱

爱，是两棵树的独立，相互注视和映衬，却各成风景；
爱，是两簇花的爱慕，欣赏对方的美丽，无妨自由的呼吸；
爱，是两颗星的遥望，千万年的等待，但从未感到分离。

爱情是美妙的，即使带着伤痛，也依然充满着诱惑。年少时为爱而追逐、为爱欢呼雀跃、为爱海誓山盟、为爱生离死别、为爱痛不欲生；成熟后你会发现，爱也可是平静如水、波澜不惊的，把那份爱放在心里，直至生命老去，尘封。

也许，每一段爱情都会从激情走向平淡。开始时电光火石般的兴奋和痴情，慢慢变得温和平静。少了冲动，开始觉察心中人的缺点，也会为失去新鲜感而烦躁不安。其实，爱，不过是在繁华落尽之后，留在身边的那一个。

爱情，是一种习惯，习惯了关心一个人和被一个人关心，习惯了两个人在一起，习惯了有人紧紧抱着你，习惯了有淡淡的亲吻，习惯了有暖暖的笑脸，习惯了有一个人在你心里，习惯了有一个人哄你睡觉，习惯了有一个人叫你宝贝。爱情，就是习惯了另一个人的习惯。

爱，不是一方为另一方无休止地付出以换取回报，而是你丰富了我的生命，我也丰富了你的生命。我们相遇之前是两个人，相遇之后，不是变成一个，而是一个半，我把一半留给自己，那样，我才可以更清醒地去爱你。

爱，是两棵树的独立，相互注视和映衬，却各成风景；爱，是两簇花的爱慕，欣赏对方的美丽，无妨自由的呼吸；爱，是两颗星的遥望，千万年的等待，但从未感到分离；爱，是两颗心的聆听，不论何时何地，都能摒弃浮华喧嚣，涤荡躁气浊音，超越贫富生死，永远执手相依。

有人说，爱上一座城，是因为城中住着某个喜欢的人。其实不然，爱上一座城，也许是为城里的一道生动风景，为一段青梅往事，为一座熟悉老宅。或许，仅仅为的只是这座城。就像爱上一个人，有时候不需要任何理由，没有前因，无关风月，只是爱了。

如果爱有原因，那就不爱了；如果爱有目的，那也就不爱了；如果爱可以解释，如果爱合情合理，那么爱也就不复存在了。爱的逻辑，本身就是不合乎逻辑。

有些时候，爱是手心的气流，抓得越紧，它逃逸得越快。所以，要给爱留白，只有空间适当，爱才会健康成长。

又有些时候，爱是心灵上的风景，只有处于确切的位置，才能读出它的韵味。所以，要和爱情保持一定的距离，学会多角度、多层次地欣赏它，这样的爱，生命才会长久。

若爱，请深爱。

文 / 岁末微凉

牵我手，从心动到古稀

希望我有足够的幸运，能一直留在你身边。
让你牵着我的手，从心动到古稀，
即便年华老去，我依然爱你。
这，就是我生命中最美丽的期许。

我想，总有那么一天，我会变得皱皱巴巴，你会变得肥肥大大；我会变得叽叽喳喳，你会变得不爱说话。我说："老头子，你听，是不是有电话?"你说："老太婆，有没有看到我的假牙?"

人家说，顽老还童是人生的必然经历，其实只有被你宠着永远不用长大，才是我最想要的幸福。所以，能不能恢复我过六一儿童节的权利？每年一天就好，让我耍耍小孩儿脾气。我想要棉花糖、氢气球、还有巧克力。你得哄我开心，我才和你回家去。

即使你自己都给忘记，可你的每个生日我都要给你惊喜。

虽然偶尔有些大男子主义，但你说“放着我来”的瞬间，我依然觉得你很帅气。

我会偶尔念叨着：“怎么就这么不小心，落在你的手里?”而你却会常半真半假地说：“老太婆，为什么吃了这么多年你做的饭，我都还是吃不腻?”

当我老了，试着穿上孩子买的新衣服，问你说：“老头子，你看，这颜色会不会有点太过艳丽?”你说：“不会，和你的银发搭起来，很配。”

我们的相册里总是充满了回忆，记录着我们的日日年年，点点滴滴，翻看它，会变成我们最大的乐趣之一。而你依然会故意翻到当年的集体照，让我猜一猜，谁曾是你当初暗恋过的女生，却狡诈地始终不告诉我谜底。

如果那会儿还用手机，即使你在身边，我也会发短信给你，告诉你，我是多么想你、多么爱你，一定要肉麻得无与伦比，然后再看你冲我笑眯眯。

到那时候，也许我们会明白，曾经以为未来那么遥不可及，我们患得患失，又小心翼翼，却原来，一见钟情很容易，相濡以沫也不是难题。

以上这些话，现在说给你听，其实没有什么目的，我只是怕哪天我们选择放弃，还没告诉你，那有多可惜。

希望我有足够的幸运，能一直留在你身边。让你牵着我的手，从心动到古稀，即便年华老去，我依然爱你。这，就是我生命中最美丽的期许。

文 / 佚名

最好的爱情

最好的爱情是两个人彼此做个伴。
不要束缚，不要缠绕，不要占有，
不要渴望从对方身上挖掘到意义，那是注定要落空的东西。

说起来，我觉得最好的爱情是两个人彼此做伴。不要束缚，不要缠绕，不要占有，不要渴望从对方身上挖掘到意义，那是注定要落空的东西。而应该是我们两个人并排站在一起，看看这个落寞的人间。

有两个独立的房间，各自在房间里学习、工作，一起找小餐馆吃晚饭。散步的时候，能够有很多话说。拥抱在一起的时候，觉得安全。不干涉对方的任何自由，哪怕她还在和旧日男友联络。

不对彼此表白，表白是变相的索取。很平淡，很熟悉，好像她的气味就是你自己身上的气味。不管何时何地，都要留给彼此距离。随时可以离开。想安静的时候，即使她在身边，也像是自己一个人。

有一致的生活品位，包括衣服、唱片、香水、食物等等。不太会想起对方，但累的时候，知道他就是家。

我们很容易碰到的，都是自私或愚蠢的人。她们爱别人，只是为了证明别人能够爱自己。或者抓在手里不肯放，直到手里的东西死去。

成熟的感情都需要付出时间去等待它的果实。但是我们一直欠缺耐心，有谁会用十年的时间去等一个远行的人？有谁会在十年远行之后，仍然想回头找到那个人？

文 / 安妮宝贝

执手红尘，相约白首

生命中总有那么一个人，经得起光阴的濯洗，
会慢慢走近你，时光多姿多彩，他却不言不语，
默默地陪伴着你的烟火。

人与人的缘分或许是命定，佛说，前世五百次的回眸，才能换来今生的擦肩而过。所有人，大概都是携着前世的情缘来到尘世，于岁月里辗转往来，只为那寻找前世未了的缘分，了却那曾经的债约。

红尘阡陌交错纵横，你所找寻的，就在你人生途中的某个巷口等待着你，只为今生执手红尘，心手相牵，过着不惊不扰，不繁不嚣的日子。

谁与谁相逢是早已注定的结局，只是相识经历有所差异。世上只有一个你，一个我，某一天，于千万人流中只是一个相互的对视，就已把彼此深深地植在心田，成为放映在眸子里永久的

画面。或许成为了最具浪漫色彩的一见钟情，或许是近在咫尺，只是被岁月的一线烟水隔着，只待彼此穿越，把爱情开启。

人生相逢皆因一个缘字，人们把聚散离合交付给了缘深缘浅。一生中与之相逢的人，许是不计其数。大多数只是旅途上的擦肩而过，一个转身，已经忘却了他的模样。只有寥寥无几的几个人，会陪你走过一程山水，但终抵不过川流不息的云水岁月，不经意间失散在了云烟里，不复相见。

生命中总有那么一个人，经得起光阴的濯洗，会慢慢走近你，时光多姿多彩，他却不言不语，默默地陪伴着你的烟火。

相伴的岁月，许是没有花前月下，没有一见钟情的痛彻心扉，也没有隔着烟水的唐诗宋词的婉约辞章。简单的日子里，他却成为你的不离不弃。他与你山一程，水一程，风雨无阻。

是真正陪你看一生风景的人，他会视你为他一生的挚爱，他一生为你，将无怨无悔。这一生，你将与他有着千丝万缕的羁绊，那亦是你的柔情，你的爱恋。你于平静如水的的日子里，为他绽放你一生倾城。多年后，白发苍首时，他仍视你为他手心里的宝贝，一生舍不下的挚爱。

爱情很简单，和相爱的人经营平淡的烟火，用两颗赤诚的爱心把日子过成不惊不扰，细水长流。

爱情不求地老天荒，只愿此情长久。

文／潇湘雨

你不是最好的，但我只爱你

没有一个爱人是完美的，也没有一份感情是毫无瑕疵的；
爱情与爱人，只能是真真切切的。
你不是最好的，但是，我只爱你。

极为欣赏这一句话：你不是最好的，但我只爱你。欣赏这一种乐观豁达而又理智、执着的爱情。

如果爱一个人成为习惯，他就成了你心底最柔弱的那一部分，成了你的致命伤，成了你无法躲也不想躲的牢笼。你的心里虽然有时充满了无望和无辜，但一种叫作“爱”的感情已充斥了你的内心。

它既美好又让人感到疼痛，如果你发现自己已经开始依赖上这种感觉，那么所有的退路就全部被这种感觉封闭了。你唯一能做的就是，不求回报地爱他，像喝水吃饭一样习惯，直到你有了戒掉罂粟那样的毅力，才能戒掉。

有人说，自你一降生，就有一份天定的缘为你而生。然而大千世界，人海茫茫，生命苦短，如何才能找到属于你的那个完美的伴侣呢？

现今的人们，总不能固守这份天缘，不能以易逝的青春和焦灼的心情屏息静候吧？于是，他们常常很勉强地接受了随风而至的她，却又一遍遍地把她和自己心目中那个完美的形象来进行对比，对比一次，失望一次。

他们并不懂得，如何去珍惜身边的和已经拥有的；他们也不知道，自己已经得到的，其实就是最大的幸福，最真的爱情。

什么是爱情？哲人说，爱情就是当你知道了他并不是你所崇拜的人，而且明白他还存在着种种缺点，却仍然选择了他，并不因为他的缺点而抛弃他的全部，否定他的全部。

如果有这样一个人，他在你的心目中是绝对完美的，没有一丝缺陷，你敬畏他却又渴望亲近他，这种感觉不可以叫做“爱情”，而是“崇拜”。

爱情是真真切切得能够用手触摸、用心体会的，是你明明嘴里说他穿得十分“土气”，却大方地带他出入于大庭广众；是你明知他有着缺点，却还坚持要把他带回家给妈妈看；是你素有洁癖，却十分勤快地为他洗着油腻腻的碗……

感情不能贪心，也不是梦想。如果有谁认为有十全十美的爱情，他不是诗人，就是情痴。所以，我们应用心来守候着属于自己的、并不惊天动地的爱情，等到它之后，便是一生一世的相守。

是的，没有一个爱人是完美的，也没有一份感情是毫无瑕疵的；爱情与爱人，只能是真真切切的。

你不是最好的，但是，我只爱你。

文/卢化南

淡淡相守，默然相爱

爱情是一种休息。
我找到你，不是要生生死死的纠缠，
不是要没完没了的爱来爱去，
和你在一起，是淡淡菊花香，
哪怕只是你在旁边，我就心安。

隔着一段距离守候，无论友情，抑或爱情，都是一种境界。

初见，能把自己吸引住的，必然惊艳。眼前人的一举手一投足，都是那样美好，都是那样别具韵味，叫人怦然心动，处处都是姹紫嫣红。

邂逅一段缘，初初的感觉，总是甜蜜美好，甚至相见恨晚，怎么黏在一起，日夕相对，还嫌不够。无论是友情还是爱情，情到深处，都想竭尽所能，把最好的呈现给对方。

可是，因为太亲近，所以太在乎；因为太在乎，所以多了敏感，有了猜疑。于是，裂痕出现了，伤害也随之而来。当爱到骨子里，这份爱往往让人窒息，想呼吸都难。

其实，人生怎么会只如初见？走到了一起，却未必就是想象中的美好。柴米油盐，哪里及得上风花雪月？少了距离，没有雾里看花，没了懵懂，没有隔着云端，这爱情，便很自然地在心里打了折。

其实爱情，更需要隔着一段距离。有人说，坚守爱情，是最难的。我们活在尘世中，爱情以外，便是烟火人生。

爱，并不需要整天黏在一起，也不需要整天傻傻地问：你想我吗？你爱我吗？爱，只需要用心感应，也需要给对方合适的空间呼吸，需要给对方足够的自由飞翔。

毕竟，爱情不是生活的全部。爱情里，不单单只是瞬间的迷恋与沉溺，更需要懂得。即使爱到蚀骨，也要保持着一点美好的距离，让彼此有足够的空间呼吸，给彼此足够的后路相守。

雪小禅说，爱情是一种休息。我找到你，不是要生生死死的纠缠，不是要没完没了的爱来爱去，和你在一起，是淡淡菊花香，哪怕只是你在旁边，我就心安。一起听听音乐，看看书，一起穿了素色衣服，手牵手去楼下散散步。

有多少感情是要山崩地裂的呢，更多的时候，要的只是人生的细水长流吧。所以，爱情是一个江湖，打打杀杀之后，最高的形式是归隐于江湖。找一个人，慢慢变老，生老病死，牵着手，不离不弃，生死相依。

隔着一段距离守候，淡淡相守，默然相爱。

文 / 素依清颜

静静地，陪你到老

在最美的年华相遇，静静地陪着你到暮年，
用肩膀和双手拥抱着你这一辈子。
就这样，一起慢慢变老，就好。

“我能想到最浪漫的事，就是和你一起慢慢变老。”

不知从什么时候起，开始喜欢这句话，那平淡的语言却是爱的心语。不管贫瘠，不管富贵，不管根扎在哪里，不管凋谢在哪里，只要在一起，便是最大的幸福。

我一直很憧憬，夕阳下一对头发斑白的老人那相偎相依的情景，有着一前一后被日光拉长的瘦小的身影。那些繁华琉璃背后所说的地老天荒，海枯石烂，在时光的摧残下终究会无情的破碎，而这样平凡的爱，却毫不卑微。幸福也许就是两个相爱在一起的人，可以一同生活、一同驱赶黑夜中的寂寞。这样，寒冷就不再寒冷，寂寞就不再寂寞。

最美的年华相遇，静静地陪着你到暮年，用肩膀和双手拥抱着你这一辈子。就这样，一起慢慢变老，就好。

有人曾说，任何一件事情，只要心甘情愿，总是能够变得简单。

忘一个人，也许很难，爱一个人，也许很简单。简简单单的爱着，看似简单，其实很难。但是，简简单单的爱，把原本平凡的日子过成永远，才是最美、最真的幸福。

爱情，就是需要相爱的两个人心照不宣地爱着，心甘情愿地爱着，这样，爱情才会长久，才会在平凡的岁月里，开出绚烂至极的花朵，长久，温情。

上天让我在这个季节里，遇见了你。我会静静地，陪着你，陪你幸福到老。轻轻地，和你一不小心，就走到白头。

文 / 佚名

懂你的人，最温暖的伴

时间会告诉我们，简单的喜欢，最长远；
平凡中的陪伴，最心安；
懂你的人，最温暖。

也许，世上最好的感情，就是找一个能够聊得来的伴儿。

各种的话题，永远说不完；重复的语言，也不觉得厌倦。陪伴，是两情相悦的一种习惯；懂得，是两心互通的一种眷恋。总是觉得相聚的时光太短，原来，走得最快的不是时间，而是两个人在一起时的快乐。

幸福，就是有一个读懂你的人；温暖，就是有一个愿意陪伴你的人。

人总有脆弱的时候，并不需要太多的浪漫和语言。累了，有一个拥抱可以依靠；痛了，有一句懂得可以舒缓。即使两两相望，也是一份无言的喜欢；即使默默思念，也是一份踏实的心安。

人，总要有一个家遮风避雨；心，总要有一个港湾休憩靠岸。最长久的情，是平淡中的不离不弃；最贴心的暖，是风雨中的相依相伴。

懂，是心灵的一种呵护，是生命的一种温度。距离的远近，妨碍不了心与心的对话，阻隔不了魂与魂的相吸。穿越时空的心音，总是让人悸动；流在眼角的热泪，总是让人心疼。

因为有人懂，情怀可以诉说，痛苦可以解脱；因为有人懂，孤单时有人相陪，无助时有人安慰。

懂，是世界上最温情的语言。简短的话语，却包含了万千。因为深有体会，所以知你的负累，懂你的苦衷；因为感同身受，所以心疼你的真诚，珍惜你的感情。

懂，是通往心里的桥梁，引起共鸣。因为懂得，所以包容；因为懂得，所以心通。懂得，让心与心没有距离，让生命彼此疼惜。懂得，是生命中最美好的相通，最深刻的感动。

家，很平淡，只要每天都能看见亲人的笑脸，就是幸福的展现；爱，很简单，只要每天都会彼此挂念，就是踏实的情感。

幸福并不缥缈，在于心的感受；爱情并不遥远，在于两心相知的默契。

心，只有一颗，不要装得太多；人，只有一生，不要追逐得太累。心灵的愉悦，来自精神的富有；简单的快乐，来自心态的知足。时间，会沉淀最真的情感；风雨，会考验最暖的陪伴。

走远的，只是过眼云烟；留下的，才是值得珍惜的情缘。来得热烈，未必守得长久；爱得平淡，未必无情无义。

眼睛看到的许是假象，心的感受才最真实；耳朵听到的许是虚幻，心的聆听才最重要。

时间会告诉我们，简单的喜欢，最长远；平凡中的陪伴，最心安；懂你的人，最温暖。

文 / 妮妮

眼前的，最好的

人，总要自己分辨清现在和过去的区别，
不要因一段已逝的时光，
耽误了现在与未来的阳光，耽误了这一站的幸福。

每个人一生里，都会有数之不清的形形色色的人，经过自己那一班生命航轨。有只是经过的，有驻足休憩少会儿的，有停留一段时间的，有来过再离去的，也有来了不再离去的。

这些经过、来过或是留下的人，可以是陌生人，可以是朋友，可以是恋人，也可以是以连自己都无法形容的关系存在着的人，但是，当你们忆着往昔种种好或不好、幸福或不幸的时候，请别忘记，先看到眼前的，先记得身边的，先将眼里，心里容纳着现在所陪伴着你的，再去数着过往。

可能，你会在某一时刻觉得过往是多么美好，会觉得已是过去的人似乎又牵扯了你某根神经的念想，会义无反顾地深深怀念起那些过去。但是，那也可能只是在你不如意于现在生活的时候暂时浮现的一个想法，它并不能代替你内心真正所想。

当那么多的人穿越你的生活，在遇到其中某个稍带特殊的角色时，你或许会为之心动，会为之留恋，会为之投入稍许感情，会在那个时候觉得，那就是于你来说最好、最珍贵的人。

但过后，当有另一个或是多个这样的和类似这样的存在出现，这样的想法也会再次的重复的出现，也会屡次推翻其前面那个曾经同样出现过的想法。

然而，当你一旦遇上那个真正在你生命里最难能可贵，最让你牵扯心扉的人，再回首过去，你会觉得，过往那些有过的情愫，或只是年少时候轻狂的念想，或是萌动一时的感叹，也或是只是自己想到达到的一些目的罢了。总归，摆在眼前的，才是最真实的。

有时候，人不能被一时对过往的感怀扰乱了心里真正的意向，亦或导致了一些不可挽补的错误；过后，那些为时已晚的后悔却也是不能弥补丝毫，终归只是给自己带来一些后悔，一些遗憾。

人，总要自己分辨清现在和过去，不要因一段已逝的时光，耽误了现在与未来的阳光，耽误了这一站的幸福。

文 / 泊创绿云

版权声明

我社编辑出版的《在故事的结尾不说对不起》，由于无法与部分权利人取得联系，为了尊重作者权益，我方委托北京版权代理有限责任公司向权利人转付稿酬。本书的作者请与北京版权代理有限责任公司联系并领取稿酬。

联系方式如下：

北京版权代理有限责任公司

北京市海淀区知春路 23 号量子银座 1403 房间

邮编：100083

联系人：张艳

电话：133 1133 9559

QQ：603454598

邮箱：603454598@qq.com

现代出版社有限公司